谢谢你 出现在我的生命里

A Dog Named Slugger

[美] 莉娅·布里尔·辛格◎著 李昕恬◎译
Leigh Brill Singh

你来过一阵子，

却陪伴了我一辈子

中国友谊出版公司

图书在版编目（CIP）数据

谢谢你出现在我的生命里 / (美) 莉娅・布里尔・辛格著；李昕恬译. — 北京：中国友谊出版公司，2019.3

书名原文：a dog named Slugger

ISBN 978-7-5057-4615-2

Ⅰ.①谢… Ⅱ.①莉… ②李… Ⅲ.①长篇小说—美国—现代 Ⅳ.①I712.45

中国版本图书馆CIP数据核字(2019)第040561号

著作权合同登记号　图字：01-2019-2022

书名	**谢谢你出现在我的生命里**
作者	［美］莉娅・布里尔・辛格
译者	李昕恬
出版	中国友谊出版公司
发行	中国友谊出版公司
经销	新华书店
印刷	天津旭丰源印刷有限公司
规格	880×1230 毫米　32 开
	8 印张　131 千字
版次	2019 年 6 月第 1 版
印次	2019 年 6 月第 1 次印刷
书号	ISBN 978-7-5057-4615-2
定价	42.00 元
地址	北京市朝阳区西坝河南里17号楼
邮编	100028
电话	（010）64678009

如发现图书质量问题，可联系调换。质量投诉电话：010-82069336

谢谢你出现在我的生命里

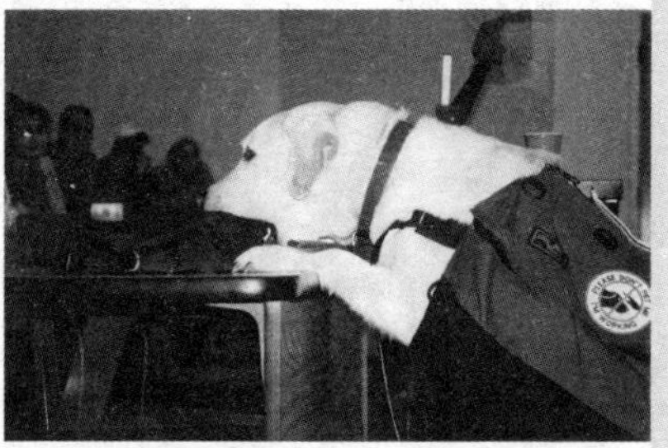

我的脚踝无法正常活动，我只能蹒跚前行，努力保持着身体的平衡。接着我摔倒在地上。颠簸不平的地面简直快把我的身体给撕裂了。

早在四年级的时候我就知道，比起摔倒在同学面前，更丢人的莫过于让他们看到我流泪。因此，我努力咽下了涌上喉头的抽泣。

一个男孩喊道："我们队伍里怎么有个单腿跳？她就是个瘸子。"这样的嘲讽一直萦绕在我的童年。

如今，嘲讽没了。

我和斯拉格一起走下大厅，朝着他的训练师薇琪走去，她就在那儿等着我们。我们俩走得不快，看起来又很笨拙，但是我们在一起前

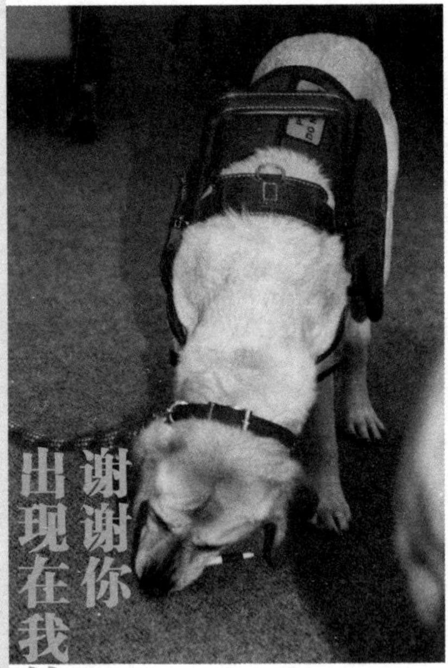

行。我一直都在努力追赶他人，直到后来，我有了一条无与伦比的狗，他陪伴着我，心甘情愿地走在我的左右。

我冲着薇琪露出牙微笑。

回应我的不是微笑，而是流过她脸颊的眼泪。就在这一瞬间，我觉得自己的心沉到了谷底：“怎么了？”

“没事，”薇琪说道，“一切如常，一切顺利。”她擦掉了脸颊的泪水，接着说，“我知道这条狗，当我亲眼看到他对你的反应时，我就知道没有问题。你们注定要互相陪伴。我虽然预感到了，但斯拉格比我更清楚。”

序言

我的双手又开始颤抖了。我得从钱包里拿出一枚硬币，但是颤抖的手指让这个任务变得像神经外科手术一样错综复杂。这是脑瘫患者的通病——有时，我就会这样莫名其妙地颤抖，完全不受控制。商店的收银员一脸倦意地站在我面前，她还是不能理解。她叹了口气，显然是希望我快点付钱。我当然也想。

最后，我终于抓到了硬币。在我准备把钱递给收银员的时候，我的手指滑了一下。同往常一样，叮当一声脆响，硬币掉到了地上，滚过了我轮椅紫色的金属腿。现在，我根本够不到它了，还好我知道该做什么。我温柔地示意了一下等在旁边的同伴，他按照我的示意完成了任务。他帮我拿

回远处的硬币，小心翼翼地放在收银台上，接着又站回我的身旁。这时，我会微笑着看着他。现在，疲惫的收银员也咧开了嘴。“太厉害了！”她欢呼道，“我还不知道狗狗可以这么做呢！”

我的斯拉格是一只拉布拉多犬，他一直用舌头舔着自己的下巴，似乎是要除掉硬币的味道。他是只受过高级训练的服务型犬。对他而言，用嘴叼着滚落的硬币，再按命令吐出来，早就习以为常。斯拉格已经习惯了帮我拾回我手里掉落的东西。我的行走伙伴也会帮我带着随身物品，拿着我的手机或是帮我推开沉重的大门。他对我矢志不渝的奉献给我带来了信心和欢乐。有他在我身边，我找到了改变生命的力量——无条件的爱，是他让我明白即便是再大的艰难险阻，我们也能跨越过去。

目录

第一章　6年前——亟须帮助

1992年10月的一个下午，猩红色的橡树和白蜡树在风中摇曳生姿。在猎猎寒风中，詹姆斯·麦迪逊大学校园里最挺拔的大树也嘎吱作响，好似在哀叹树枝上的寒冽一般。一边朝着研究生教室走去，我一边想，我的骨头肯定也在发出这样的声音。22岁的时候我就知道，弗吉尼亚州秋日的严寒会加重我先天性脑瘫的症状——我也见多不怪了。我不会纠缠于此。我的社区机构咨询的研究生学业刚开始，现在我只想专注于自己的学业。沉浸在学习中可以让我忽略身体上的伤痛，让我忘记不久前脚部的骨折。我背着塞得满满的背包，坚持着向前走去。

走道上的人昂首挺胸，迈着强有力的步子阔步向前。为了尽可能避开他们，我选了看似更为安全的草坪。草坪上的人少得多。我踏着青草，朝着异常心理学的教室走去。我好不容易才把两本笔记本、一本课本还有第四版《精神疾病诊断和统计手册》塞进我紫色的背包中。走在路上，我已经觉得不堪重负了。背包顶端的拉链没有拉上，它的边缝因为东西装得太多而变形扭曲。我的身体也是扭曲的，虽然我不想承认这点。

我脚下的草地颠簸不平。对我这样的腿来说，这种地形可谓危险重重。我应该小心注意自己的落脚点，但是刺骨的寒风分散了我的注意力。寒风刺痛着我的脸和我的手指，我的指尖已经没了感觉。

我把左手伸进防寒外套的口袋里，摸索着我的黄色手套。可惜，冻麻的手指完全无法抓到它。我的手套从口袋里掉了出来，落在了地上。“太好了。”我一边自言自语，一边弯下腰去捡手套。蹲下的时候我应该小心点，应该慢一点，才能在崎岖不平的路上保持平衡。但是，我的身体向前倾斜，好像准备翻跟头一样。

突然间，我的身体失去了控制。我重重地摔在地上，痛得无法呼吸。我试着吸气，但是这感觉就像是从稻草里吮吸浓稠的奶昔一样。我感到一阵眩晕，每呼吸一下的痛比寒风还要刺骨。我闻到了泥土的味道，舔到了唇上的沙砾。

我躺在地上，脸对着走道，样子就和小孩子们喜欢把耳朵贴在铁轨上，想听到火车到来的声音时一样。但是浑身颤抖的我，根本听不到任何声音，就连那呼啸经过的山地车的咔嗒声我也没有听到，直到骑车人在我身后大喊："哇，厉害啊！你走路那样儿，真是优雅！"他的声音中满是嘲讽、嬉笑。听到声音，我抬起头，入眼的是亮蓝色的弹力裤，裤子下的肌肉轮廓分明，紧致结实。当他骑车经过我时，他腿上的肌肉依旧弹性十足。

"闭嘴！"我感到一阵窒息。由于不能呼吸，连我的反应也像泄了气的皮球一样，一下子蔫儿了下来。不过，我内心的声音现在异常清晰，脑海里闪现的是广为人知的口头禅：放松下来。尽快放松下来，痛苦很快就会消失殆尽。

第一次听到这句话时，我只有8岁。我还在医院里准备接受外科手术，在儿时的记忆中，历历在目的是一次又一次的手术。当时，一位工作人员扶着我躺在担架上。担架上很舒适，上面的毯子很温暖，在我的手脚被束住时，我没有任何反抗。我被推到了一间宽敞的等候室中，其他的男孩和女孩也躺在自己的小床上。一个护士像猫一样在他们之间穿梭。突然，她注意到了我，看起来好像要扑过来一般，好在她只是走到我的身旁。我的病号服（病号服是黄色的，上面是一排排快乐的泰迪熊）

被脱了下来，我的脸唰的一下红了。腿上传来的刺痛让我哭了起来。护士拍着我的肩，安慰道："宝贝儿，试着放松一下。尽快放松下来，痛苦很快就会消失殆尽。"

我的现实世界变得模糊，就像阳光下化开的黄油一般。父亲的面庞、母亲的声音以及紧贴在我身上的床单，一切都在我进入手术室时颤抖起来。手术室里全是放光的金属和蓝绿色的瓷砖。里面的人也是蓝绿色的。他们戴着帽子、面罩，穿着医疗服，看起来像是些奇怪的乌龟一样。后来，我经常会在噩梦中梦到那些乌龟。他们是谁？他们想做什么？他们要对我做什么？

不知道是谁的手松开了我手脚上的束缚。他们要放我走了吗？上帝啊，让他们放了我吧。求求你了！我被放在一张金属桌上，头顶上挂着炫目的灯，那时我从没见过那么大的灯。炫目的灯光让我睁不开眼，但我能感受到灯光发出来的光热烤着我的皮肤。戴着手套的手指在我的胸口涂了凉冰冰的凝胶，接着在上面放了两个小小的白色圆盘。这是怎么回事？

突然，一只手朝着我伸过来，我听到了我的主治医生熟悉的声音："莉娅，放松点。我们把这两个小片儿放在你胸口上，这样就能听到你的心跳了。如果能听到类似火车轰鸣的声音，那就说明你的心脏还在工作。”我想告诉医生我压根儿不关心我胸中的火车，我只想出去，离开这个地方。可我的嘴唇丝毫没有反应。

一张黑色的橡胶面具像掠食性昆虫一样在我脸上盘旋。它离我的脸越来越近，我都可以闻到一阵恶心的味道。我的胃里一阵痉挛。我试着扭过头，吸一大口干净的空气，可是一只戴手套的手固定住了我的头。“到睡觉时间了。”一个护士说道，她轻抚着我的脸庞，接着说，“莉娅，吸气，放松。试着放松下来。”

很多年后的今天，我摔在了草地上，我努力重复那些话，让自己保持镇定。我慢慢站起身，用手套拂去了脸上的灰尘，拨开了挡在脸上的头发。这一摔，把我包里的东西都摔了出来。我小心翼翼地收起东西，从草地上捡起我的钢笔，掸掉了笔记本上面的尘土。《精神疾病诊断和统计手册》的栗色封皮也摔破了——书面中间露出了一条白色的裂缝。我颤抖着双手将撕破的书放进背包中。我发誓一定会尽快把书皮粘好。我的胸口处传来一阵剧烈的疼痛，左手腕颤动着，双手划破的伤口也流着血。我能从哪儿找个胶带把书粘起来呢？

我努力咽了口唾沫，撑起身，一瘸一拐地朝着教室走去。

当我到教室时，戴眼镜的红脸教授正站在黑板前画着精神疾病图。我走进教室时，他停顿了一下，转过身对我怒目而视："上课时间是4点，不是4点15分。"

"抱歉，我迟到了。"虽然没有意义，但我还是道了歉，接着坐到了第一排的空座上。

我疯狂地将图抄画在我的笔记本上，好将自己的情绪——痛苦、愤怒、无力感抛之脑后。我不想察觉自己的情绪。只是那晚，我真的是无能为力。绵延的黑暗带来了让人厌恶的痛。嘴里含着几粒阿司匹林，脚上放着热敷用的毛巾，我意识到我根本无法逃避，也不能再继续否认。事实越过了愤怒，从我嗓子眼里涌现出来。黑暗中传来一声哽咽：我需要帮助。

一大早，我约好了与另一位医生的会诊时间。几天后，我到了他的办公室，那个白发苍苍的专家让我不必担心。他说，我很漂亮，一定可以找到一个优秀的男人来照顾我。我怒不可遏。我想，谁说我不能自己照顾自己？但是，医生突然抓住了我的手，我只好把问题憋回了心中。他的声音非常温和，好像在哄婴儿一般："你的身体无法继续承受你对它的要求了。你需要坐上轮椅。"

我把手抽了回来。不！我内心的声音呐喊着。我不！

当我还是那个在我祖父弗吉尼亚州雪兰多山谷的农庄长大的小女孩时，我便一直挣扎着做个正常人。祖父的谷仓是我儿时的天堂。我喜欢在牛棚里漫步，探索每一个落满尘土的晦暗角落。有时，我会在谷仓里发现其他的难民：在贮藏的干草中抚养猫崽儿的母猫。细微的猫叫声会从它们隐蔽的托儿所里传出来。我会循声而去，直到找到它们为止。在找到它们的那一瞬间，我的心头满是敬畏，让我无法呼吸。我找到的那些小生物似乎也停止了呼吸。它们就那么盯着我，看起来如此脆弱无助。它们的双眼就像刚点亮的火焰一样，闪烁着警觉。

在我小时候，我总是觉得自己也是谷仓里的小猫，害怕被人察觉，担心他人看到我糟糕的样子。那时的我不知该如何面对恐惧，甚至对此无从谈起。我只能做我唯一会做的事情，全身心地关注自己的外表，努力让自己看起来与常人一样。

在我20岁出头的时候，我对外表的坚持做到了极致。现在，我常常在想：如果我坐上了轮椅，那怎么还能看起来像正常人一样？我怎么能做个正常人？不过，这些问题对我来说还是太严重、太可怕，我根本无法说出口。我只能礼貌地对医生点点头，感谢他这次的会诊。

给微笑的接待人员付完钱，我便夺门而出，直到这一刻，我才意识到自己的真实感受。我站在医院外，靠着墙，把手放在坚硬不平的墙面上，让双手镇静下来不再抖动。我低着头，紧紧闭着眼，好像片刻的黑暗也可以带走让我恐惧的现实。“求求您了，上帝，”我喃喃道，“让我找到另一个答案吧，一个适合我的选择。”

第二章　意料之外的答案

我一直在等着这个答案的到来。几周后的一天，当我从学校图书馆回宿舍时，一个熟悉的声音传了过来："你好啊，莉娅！"史蒂夫，我的朋友，也是我的同班同学，正和一位陌生的女士坐在附近的一条长椅上。他挥了挥手，示意我过去。

"嘿！近来如何？"我稍微放松了下来，边说边在旁边坐了下来。

"还不赖。"史蒂夫点点头，接着说，"莉娅，这是安妮·库伯，你应该没见过吧？"他示意了一下坐在他身旁的女性，"她刚来我们专业，她的注册课程很多都和我们一样。"

"安妮，很高兴见到你。"我说道，"欢迎来到社区机构咨询的奇妙世界。”

“是啊，谢谢。”安妮大笑着说。我朝她露齿一笑。突然间，我才发现我的新同学身上闪着光，就连她的金属拐杖也一闪一闪的。她把长发塞在耳后，上面还卡着带颜色的漂亮小卡子。她穿着紫红色的大衣，配着秋天系列的条绒裙，外面还披着一件精致的棕色皮草，这一身儿搭配非常协调，外面的皮草像云朵一样将她包裹在其中。

她身上细小的毛发显然属于长椅下趴着的大型犬。我走过来的时候，他[①]就趴在那儿纹丝不动，一开始我甚至都没发现他的存在，现在我直勾勾地看着他。

发现我在盯着他，安妮解释道：“这是我的服务犬，凯撒！他经过了特别培训，可以辅助我走路。”听到自己的名字，大型犬抬起头，晃了晃自己的尾巴。他看起来就像长着大鼻子的精壮拳击手一样。他穿着一件亮绿色的罩衣，一脸严肃的表情，倒也是狗如其名。

虽然我听说过导盲犬，但我没想到还有经过训练、辅助其

---

① 本书中所有涉及狗类的指示代词，均与英文原文保持一致，以拟人化形式指代。

他残疾人的狗。“哇！真是灵活啊！”我欢呼道。小时候的我一直生活在祖父的农场上，我喜爱农场上各种不同的动物。我家的可卡犬乔西一直都跟我很亲近，也很听我的话。现在，我都忍不住想和安妮分享一下乔西的故事。“我的小狗听到我喊她就会过来，我让她坐她就坐，还能忍住扑到我身上来的冲动。她可聪明了！”

第一次见面后没过多久，安妮的服务犬便刷新了我对犬类智慧的认知。当时，我正在上人类记忆课，我的视线一直在教室里徘徊。安妮也坐在教室里，凯撒就趴在她的脚边。我的视线穿过地上的运动鞋、高跟鞋、商务平底鞋、勃肯凉拖，最后落在了凯撒的身上，看着他审视周边世界时眉毛一上一下的样子，我竟然着了迷。

突然，凯撒站起身，这可把我给吓了一跳，差点从椅子上掉下来。他到底在干吗？我很疑惑。接着，他低下了头，似乎在闻什么东西。我调整了一下自己的坐姿，以便可以看得更清楚。原来他正在搜索的是一支笔，一支戴着蓝色笔盖的圆珠笔。但是这只大狗可不只是用鼻子闻这么简单。他竟然用嘴叼起来，小心翼翼地含着，以防被自己的牙齿咬到。凯撒用鼻子蹭了蹭安妮的手，一边摇着尾巴，一边把笔放在她等待的手心中。

我真想大喊："天哪，快看看！"当然，我知道最好还是不要破坏课堂纪律，所以我压制住了自己的本能反应，只能默默地傻盯着。

一下课，就像追随摇滚乐队的热情粉丝一样，我冲到了安妮和她的狗身边。"凯撒简直是太不可思议了！一分钟前他还冷静沉着，下一秒竟然能马上从地上捡起你的笔，稳稳地放在你手里，还不会把笔咬坏。快给我讲讲这个聪明的家伙！"滔滔不绝地讲完了这一连串话，我才好不容易停下来吸了一口气。

"是啊，他很棒，你说得没错。他热爱自己的工作。他的到来给我的生活带来了很大的方便。"安妮一边微笑着跟我说着，语气不急不慢，镇定自若；一边还用右手抚着凯撒的耳朵。凯撒歪着头，脸上全是享受的表情。

我露着牙，笑着说："这真是一条酷狗！你们俩搭档真合拍！"

"是啊，"安妮眨眨眼，"关爱伙伴犬小组为我免费培训了凯撒；现在，我根本不敢想象，如果没了他，我的生活该怎么办。"她停下来，望着我的眼睛，"知道吗，如果你也需要服务犬的帮忙，我可以给你提供一些信息。”

我？“我不，我是说，我不用……”脱口而出的还是一如既往的否认。我一直都很擅长假装，假装自己力所能及，做好一切。

从上次跌倒到现在，我的左脚腕一直在痛。或许是它中止了我的谎言，又或许是因为安妮早就看透了我的把戏，毕竟她和我有着同样的残疾。我咽回了自己习以为常的说辞，深深地吸了口气：“好吧，我想了解。”安妮递给我一本棕褐色的小册子。我对她表达了谢意，接着把册子装进了背包里。

几个小时后，我趴在床上，盯着册子封面上印的一行字：关爱伙伴犬，帮助老人和残疾人的特殊训练犬。“好吧，我还没老到需要帮助的年纪。”我大声地说着，“但是我或许可以找一只狗，帮我解决走路摇晃的问题。”

“摇晃”不足以形容我的痛苦、沮丧和羞耻；不过它听起来比“脑瘫”要好得多。我打开册子。今天，我这是第二次忍不住要喊出“天哪”。不过这一次，我喊了出来。

小册子里全是各种狗的照片。跟那些摆好姿势，正对相机拍出来的普通照片不一样，这些照片里的狗都在做着不可思议的事。

在一张照片中，一只拳狮犬嘴里含着一张商业信封。一位面带微笑的女士坐在附近的沙发上，这只狗正朝着她伸出的手走来，好像要把信递给她一样。

在另一张照片中，一只金毛犬站在敞开的商店门口。金毛犬的工作脖套上系着一根尼龙绳，尼龙绳的另一边环绕在门把手上。金毛犬正抬高自己的身体，把门打开，这样坐在轮椅上的男人就可以进门了。

第三张图上是一只目视前方的黑色犬。他很高大，脖子上系着皮环。一只结实的手柄出现在他的臀部旁边，一个女孩把手放在他的身上。她的手弯曲着，打结的手指无法正常地向上伸展。但是她还是咧着嘴笑着站在她的狗身边。她的狗同伴嘴里叼着一袋没有开封的薯片，他的牙正好咬着袋子包装的左上角，这样不会咬到袋子上的味道标识，也不会碰到袋子上的洋葱标签。

最后一张照片上是些姿势各异的人，有的站着，有的坐在轮椅上。他们戴着眼镜，面色苍白，一缕缕头发油光发亮，像旧羽绒枕的羽绒一样精致。不过，每个人都带着一只狗，每个人脸上都挂着微笑。照片下还有一行字："我们的关爱伙伴犬小组。"

除了照片，册子里全是人权的宣言：独立、友谊、改善生活。在最后的封皮上，我读到了一段简单却引人入胜的话："想进一步了解吗？"看到这句话，我完全没意识到自己竟然屏住了呼吸，在温暖洋溢的空气中，我吐露了自己的心声："想！"

第二天，我拿起电话，虽然我一再告诉自己不要紧张，但是在我拨打关爱伙伴犬组织的电话时，我的手指抖得比平时还要厉害。我希望自己的声音听起来沉着冷静。我深深吸了口气，一边等候，一边数着电话里传来的忙音。一声，快点接啊。两声，快点接啊。三声，拜托了，快点接电话吧。"欢迎致电关爱伙伴犬，为您接听电话的是希尔维亚。"

我深深地吸了一口气，缓缓地说："我是脑瘫病患者，今天打电话是想咨询一下是否有能帮我的服务犬。"从儿时起，我便得知要保守自己的脑瘫秘密，我从来不谈论它，甚至不会提及"脑瘫"这两个字。但现在，这两个字就像匆促的告白一样，从我嘴里一拥而出。说完之后，我感到一阵晕眩。接下来的几秒钟，除了自己的呼吸声，我什么都没听到。过了一会儿，我听到了一声笑声。

“很高兴您有兴趣养一只服务犬，”希尔维亚说道，“不过您先不要着急，我们需要了解一下您的具体情况。方便透露一下您的名字吗？”

这次轮到我开怀大笑了：“好吧，我叫莉娅·布里尔·辛格。”

“好的，莉娅。谈话的过程中我需要做一些记录，这样方便我跟进。首先，您能给我简单谈谈自己吗？”

我满怀兴奋，承认自己残疾的事实后，我感到放松，完全忽略了“简单”二字。我开始向希尔维亚细致地描述自己生活的点点滴滴，后来，希尔维亚告诉我，当时记完谈话笔记后，她的手疼了几个小时。我连停下来呼吸的时间都没有，直到突然传来的一个问题让我哑口无言：“莉娅，你的问题是什么？”

我想要呐喊：“一切都是问题！”但是我脑中的声音嗡嗡作响，你不能这么说！这个声音像往常一样让我忍不住撒谎：没有什么麻烦。我在两个极端之间徘徊。“您是指什么问题呢？”

“我需要了解您面临的困难是什么，只有这样，我才能考虑服务犬可以如何来帮您。”希尔维亚说道。

突然之间，我恍然大悟。这是我人生中第一次认识到，我不需要假装，不需要像常人一样；我只要坦诚即可。我停顿了片刻思考着自己的回答。我感受到了回答的重量和形状，像一个孩子检查自己手里的石英石一样，翻来覆去检查它的每一面、每一角。“说实话，我走路的样子很滑稽，平衡感也极差。”最后，我说道，“我经常摔倒。我的双手也会颤抖。有时候东西掉在地上，我也很难弯腰捡起来。”

吐露真相的感觉让我很自在。希尔维亚也回应了我的真诚。“听起来服务犬对您来说，再合适不过了。”她说道，“我给您寄一张申请表如何？您可以看看，仔细考虑一下。如果您认为这个选择没错，那么就在完成表格后寄回来即可。当然，如果对表格有任何疑问，您可以随时给我打电话。”

第二周我便收到了申请表。当天，我便填完了表格。就在同一周，我记住了关爱伙伴犬组织的电话号码。虽然我努力不打扰希尔维亚，但我还是经常打电话让她给我讲讲有关“狗的故事”。我常常问她很多问题，比如：和服务犬一起走路，我需要学些什么？我和服务犬可以一起去哪些地方？我的行动伙伴是公是母？我的狗的品种是什么？我得等多久，才能拥有自己的狗？

还好，希尔维亚很有耐心，对我说了很多大有裨益的话。她向我保证我和服务犬基本一起去哪儿都行，不过前提是我的伙伴犬得经过训练师的大量培训。关爱伙伴犬中既有公狗，也有母狗，有纯种犬，也有杂交犬。

不过，希尔维亚也不确定未来我的伙伴犬的具体信息。她说，她会找一只无论是性格、能力还是力量都与我相匹配的狗。她接着又说：“莉娅，少安毋躁。找到一只完美伙伴犬可能需要一年，甚至更久。”听到这儿，我的心沉了下去。

虽然知道可能要等很久时我的心情很沉重，但我还是不停地寻找、谈论有关服务犬的信息。几个月来，我一直和家人、朋友，还有所有愿意聆听的人分享那些令人着迷的事实。“你们知道吗，服务犬的品种、大小不尽相同。他们非常聪明，一只优秀的工作犬可以明白50个不同的词语！”

我深深地迷恋着即将到来的伙伴。除了谈论服务犬，我还喜欢做白日梦。暑假的一个下午，我正好在洗头发。看着落在浴缸上的洗发露泡沫，我想起了希尔维亚的话，在一段新伙伴关系的磨合期，狗和人如何才能做到相互依存。

在这一阶段的训练中，她强调我的狗需要陪着我到每一个地方，需要一直伴我左右。洗着澡，我开始幻想我忠诚的朋友警惕地趴在绿色的浴垫上，不时地舔舔沿着浴缸滴落的水珠。

突然一阵电话铃声打破了我的梦。哪怕我的头发散发着一阵扑鼻的洗发水香气，我还是不管不顾地从浴缸里出来，水花四溅，接着抓起一条毛巾。“要是电话推销，那就太失望了。”我一边嘟囔着，一边踩着湿脚印朝电话走去。

“你好，莉娅。”电话里传来了希尔维亚的问候。

一听到她的声音，我的脑子里冒出了很多话语。我想问问她：“打电话是不是有什么好消息？”却紧张得无法将话语串在一起，只能结结巴巴地说：“哦，对，是我。”

虽然耳朵里满是头发上滴落的洗发水，但我还是可以感觉到希尔维亚说话时的微笑：“我想，我们应该找到了一条适合您的狗。他叫斯拉格，一条完美的黄色拉布拉多犬。”

希尔维亚还在继续说着，只是我什么都听不到了。我唯一听到的就是我可能会有一条狗，他叫斯拉格。

第三章　约会日

希尔维亚第一次见到斯拉格时，他才几周大，那时的他非常开心，也易于相处。虽然环境发生变化，身边出现了其他的狗和陌生人，甚至出现了巨大、不同寻常的声音，但是斯拉格依旧可以沉着应对。小小的斯拉格喜欢和人相处，但他一点儿也不黏人，非常独立。斯拉格体魄健壮，在健康检查中也未测出任何发育不良或是遗传问题，他也因此非常适合服务犬的角色。他嬉闹爱玩、讨人欢心的性格也让希尔维亚肯定了他的培养潜力。无论是木棍儿、玩具还是袜子，只要是能用嘴叼回来的东西，斯拉格都会玩得不亦乐乎。拉布拉多的品性对他未来的职业而言，也至关重要。

希尔维亚认识到了斯拉格的潜力，她在自己的家中给他安了家，也让他走进了她的心里。她和斯拉格建立了深厚的友谊，常常带着他与其他人和狗打交道。同时，她还教导斯拉格，让他明白学习的乐趣所在。

希尔维亚通过娱乐的方式来锻炼斯拉格的注意力，这也是他日后训练的基础。积极的奖励让斯拉格学会了礼貌的举止。在美食、玩具、鼓励和安抚的激励下，他领悟得非常快。这个热情满满的小狗学会了在撒尿、排便时发出叫声，知道晚上要睡在自己的箱子里，明白自己只吃自己的食物，只玩自己的玩具。

希尔维亚继续训练自己的狗学生，让他建立基本的服从意识。她教他在松着绳子时稳步前进，既不跑到前面，也不落在后面。由于斯拉格还不习惯身上背着背包，希尔维亚还得训导他习惯他未来的工作服。一开始，她会在午饭时给斯拉格背上背包，这样他就会将背包和他的所爱联系起来。很快，希尔维亚只需要喊一声："斯拉格，该背背包了。"他便会朝着她奔过来。

希尔维亚花了一年的时间去赞扬、去纠正，她与斯拉格玩耍，与他建立了深厚的感情。之后，她把举止表现良好的斯拉格交给了关爱伙伴犬的训练师薇琪·波尔克。分开的过程总是异常艰难，充满了眼泪、不舍和痛苦。但是希尔维亚知道，只有放手才能真正地改变他的生活。

薇琪接管了训练一岁的斯拉格的任务。她是这方面的专家，耐心地教会了斯拉格许多服务任务。像多数狗学员一样，斯拉格在学习中不断地进步，薇琪也利用积极的奖励，在希尔维亚的训练基础上继续提高斯拉格的能力。

奶酪和夸奖会鼓励斯拉格用鼻子触碰电梯按钮，练习让他学会轻轻地陪着拄着拐杖或是坐着轮椅的同伴，伴在他们左右。

如果斯拉格掌握了这些或某些技能，薇琪会进一步提高标准，让他接受更高难度的任务，从而赢得更丰厚的奖赏。后来，她又在训练中添加了不同的变量，比如环境变化、声音与视线变化，通过这些方式逐步让斯拉格置身于压力之中，这也是他日后成为服务犬所将面临的挑战。

他需要学会稳重、热情地工作，去到多数狗从未涉足过的地方——超市、餐厅、银行，以及满是好奇快活的年轻人的学校。薇琪知道这些准备工作是必不可少的。

她也知道，当斯拉格掌握了工作技能后，他会变得日益成熟，自信心也随之增加，但是他的历程还要继续。她爱斯拉格，但是和希尔维亚一样，她也选择了放手。

要不是这种牺牲，斯拉格就不会与我走到一起。

在奔向图书馆的路上，一想到即将见到这只特别的狗，我的心跳便禁不住加快。我跑得上气不接下气，从嘴里吐出的热气先是碰到图书馆前门的厚玻璃，接着又朝着我飘了回来。我趴在窗户上，看了一会儿大厅的另一边。一向闹哄哄的走廊现在是人气寥寥，往日的那些图书馆的“老主顾”大概都抓住机会，在室外享受这个美好的天气吧。不过，我来这儿是为了见薇琪和斯拉格的，此时此刻，我的内心无比激动。

我走进了图书馆。刹那间，兴奋不已的我竟然激动得一步都挪不动，甚至连头脑都无法保持清醒。我呆呆地站在门口，满脑子里只有一个念头：我就要见到斯拉格了！

时光的流逝，我说不清也道不明。直到一个温和而又坚定的声响，将我从恍惚中拉回了现实。一位女士站在图书馆外，轻轻地叩着门。她穿着关爱伙伴犬组织的T恤，左手松松地牵着一根皮带，她就那么站在门外冲我咧着嘴笑。皮带的另一端牵着的是一只漂亮、强壮的狗。

他穿着黄衣服，上面带着白色的星星点点。这是阳光的颜色。他的背上系着一个绿色的包，但他看似一点儿也不在乎。他镇定地站在自己的训练师旁。当他睁着棕色大眼凝视我时，他身上唯一摇动的只有他的尾巴。

我对着他看了又看，这一定是我所见过的最令人惊讶的狗。只是看着他，我也能心满意足地看上几个小时。特别希望上帝保佑，让他们顺利进来。

薇琪和斯拉格一起走进室内，她转过身对我说："您是莉娅吗？"

"是！"我开心地答道，我的嘴乐得都要咧到耳朵后面了。

"太好了！我是薇琪，和我一起的同伴就是斯拉格！"她快速地轻抚了几下斯拉格的头。

我和薇琪分别向对方介绍了一下自己，友善地回答了对方的问题，最后两人一起大笑。一起走在路上的时候，我努力让自己直视她的目光，但我的眼神总是情不自禁地看向斯拉格。他似乎明白我的好奇，最后朝着我踱了过来。他似乎对我也满是好奇，最后跑到我身边，用他湿乎乎的鼻子碰着我的膝盖，对着我吸了口气。见识到他这种闻香式问好，我咯咯地笑了起来。

我很想蹲下来，拍拍斯拉格的头，感受一下他柔软的皮毛。但是希尔维亚早就提醒过我，要是在服务犬带着背包时拍他，就会扰乱他的训练。我只能把手插进牛仔裤的口袋里，以此忍住轻抚他的冲动。

薇琪问斯拉格："小伙儿，你该说什么？准备好向莉娅展示自己的本领了吗？"听到她这么说，我像圣诞节早上的孩子一样，迫不及待地催促着。

"快点儿，快点儿！"我们朝着图书馆尽头空闲的会议室走了过去。我跳到屋里一张松软的椅子上，扑通一声坐了下来。

"首先给你展示一下斯拉格的基本技能。"薇琪微笑着对我说道，"你现在看着、听着就行。"

她让斯拉格完成了一系列服从命令的任务。接着，她告诉我经过培训之后，多数服务犬会在听到命令后叫一声。"从某种程度上看，斯拉格可以成为你的个人安保。"她解释道，"比如，当你摔倒的时候，要是需要他人的帮助，斯拉格可以通过自己的叫声引起他人的注意，提醒他人你遇到了麻烦。你只需要这么让他叫一声即可。"

薇琪将视线转向斯拉格，命令道："叫一声，斯拉格。"斯拉格非常服从，立即发出了一声“汪”。这声深沉的爆发性犬吠让我大为震惊，薇琪显然非常满意。“小伙子，不错！”说着，她拍了拍斯拉格的头。

接着，她领着斯拉格走到电灯的开关处。她敲了敲开关的金属板：“斯拉格，关灯！”接着，斯拉格按照她热情昂扬的命令，抬起前腿，用嘴含住开关，不停地向下拉，直到灯咔嗒一声暗了下来。

我简直不敢相信眼前发生的一切。坐在黑漆漆的屋子里，我瞠目结舌。薇琪说道：“无论是在公共场所还是在家，服务犬都得提供服务，这点至关重要。当你感到疲惫，身体不适的时候，或者说坐着轮椅的话，斯拉格可以帮你开灯关灯，这样就方便得多。看！”

接着，她又指着开关，重复了“灯光”指令。斯拉格冲着开关奔过去，接着跳起来，用嘴打开了开关，又跑回到了薇琪身边。

现在，我的无言一扫而去，取而代之的是“简直太不可思议了”！

薇琪的腰上系着一个包。她把右手插进包里，从里面拿出了一小块黄色的奶酪。

“这是斯拉格最爱的奖励。”说着她把奶酪递给我，让我奖赏斯拉格。

斯拉格兴奋得一口把奶酪吞了进去，他的热情让我禁不住喊道：“超声速热情啊！”

薇琪大笑着：“是啊，没错！”

突然间，我对斯拉格和薇琪都油然生出一种敬佩，我禁不住问道：“你到底是怎么教会他这些的？”

“只需三点：耐心、练习和积极奖励。”薇琪咧着嘴，对我笑着说，“知道吗，我觉得现在该轮到你试试了。”

“啊？”我朝她眨了眨眼。

“要不要和斯拉格一起散散步？走到走廊尽头再走回来如何？”

听到这儿，我一下子从椅子上蹦了下来，差点儿摔个脸朝地。“没问题！”

薇琪领着我们走到大厅。她在我右手心里放了一小把奶酪，接着把斯拉格的链子放在了我的左手手心。“按你正常的走路习惯，用你正常的速度走就好。”她对我说道，“不要拉紧链子，松一点就行。让斯拉格跟着你的脚步。如果他走得太快，你就停下来，静止不动，对他说‘跟我走’。要是他能跟着你的脚步，记得鼓励他，给他奖赏。就是这么简单。你可以体验一下和他一起行走。我就在这里等你们。明白了吗？”

“明白了。”虽然我嘴上这么说，但心里一直在打鼓。我深吸了口气，低头看着身边黄色的拉布拉多犬。“斯拉格，跟我走。”我对他说道。就这样，我们一起迈出了第一步。斯拉格习惯了和薇琪一起走路，他每走一步，爪子就会碰到地面发出“嗒嗒”的声音，响彻整个走廊。我的脚步平稳缓慢。还没走几步，斯拉格就超过了我，走到了前面。

按照薇琪的指导，我停了下来，不再前行，接着重复了刚刚的命令：“斯拉格，跟着我。”让我惊讶的是，他折返了回来，继续伴着我走在我的旁边。

“真乖！”我忍不住欢呼雀跃。说罢，我给了他一块奶酪作为奖励，继续前进。每当斯拉格超过我，我便停下来，重复“跟着我”的指令，之后重新启程。整个过程看起来极为漫长。等我第五次下命令时，我开始怀疑这只聪明强壮的狗是否可以适应我那摇摇晃晃的走路方式。

不过，一切就这么顺其自然地发生了。重新调整了步伐后，我们又开始继续前行。不过这一次，斯拉格没有急着冲到我前面。他一直在我旁边，不断地抬头看看我，好像是在测量我陌生的步伐。他的脚步谨慎小心，和我的步调保持了一致。这让我瞠目结舌。长久以来，与他人保持步调一致一直是我对优雅的理解。

在我小时候，这种优雅常常弃我而去，像迷雾般在阳光中消逝。当时，操场上的我和同学们正站成一排，等着接力跑步。我低着头，看着自己的鞋。鞋子脚趾处的磨损提醒着我那些我迫切想要忘记的事实：今天一定不行。我发誓。我这次一定不能摔倒。

随着队员们一个个跑过来，我们的接力选手也逐渐领先。我的同学们不断地欢呼雀跃。他们在旁边跳着，激动地拍着那些跑得最快的选手。“太棒了！太棒了！”我们的队伍现在遥遥领先。

突然朝我跑来的男孩脸蛋红扑扑的，我对着他大喊：“快点，该我了！快跑！”我吸了口气，伸出了手。他跑过等待线，把接力棒递给了我，他的掌心湿漉漉的，全是汗。轮到我了。

“我的天！”我调整了姿势，开始疯狂地小跑。我满脑子想的都是：左，右，继续；左，右，不要摔倒；左，右，这不难。接着，我听到了对手运动鞋碾着尘土的声音。超过我时，她的马尾辫也跟着她上下晃来晃去。我的队员大叫着：“不要！”

我内心的呐喊声更大了：快点，你这只蠢脚，长这么大，就跑快这一次吧！

我努力加快跑步速度，用左脚使劲儿踩着对我来说崎岖不平的道路。最后，我的脚踝妥协了。我只能蹒跚前行，努力让自己的身体恢复平衡。接着，我摔倒在地。坚硬的地面撕裂了我的皮肤。我能感觉到鲜血顺着伤口，从我的右腿上流了下来。滴落在地上的血好像在尘土上开放的红花。

等到四年级的时候我才明白，这世上比在同学面前摔倒更糟的，就是让他们看到我的眼泪。为此，我只能努力忍住抽噎。空气中曾经弥漫的呼喊声已经消失了，取而代之的是观众的窃窃私语和指指点点。我们队伍里跑得最快的吉米朝我吐着口水，不留情面地大声取笑着我。

他把双手插进湿漉漉的头发中，抱怨着：“我们队伍里怎么有个一瘸一拐的家伙。她就是个瘸子，压根儿就跑不起来。天哪，她太奇怪了！”类似的取笑一直萦绕在我的童年。

到了今天，已经没有人再取笑我了。有了斯拉格，我不用再去赢得跑步比赛。我要做的就是在斯拉格的陪伴下，一起前行。一个念头在我的心里油然而生，我突然想打断我们的旅程，弯下身来给斯拉格一个拥抱。当然，这个举止可能不符合服务犬的要求。

权衡之后，我对他大肆进行了表扬：“好家伙，斯拉格！这么快你就能习惯我的步伐，真是太聪明、太了不起了！”我挑了一大块奶酪奖励他。伴着他尾巴摇晃的节奏，斯拉格用身子轻轻碰了碰我。

接着，我们原路返回，转身回到薇琪等待的大厅。回去的路上，斯拉格和我慢慢地走着，虽然看起来很尴尬，但是我们的步调保持了一致。似乎穷尽了一生，我们终于实现了步调一致，我发现陪伴在我身旁的是一条不可思议的狗，一个甘愿跟着我的脚步的伙伴。

在他的鼓舞下，我悄声对他说：“我知道我走路的样子古怪又搞笑。但我相信只要你愿意，我们一定可以找到适合你我的节奏。”现在，我的世界里似乎只有大厅里传来的脚步声，还有我内心满怀希望的跳动。

“斯拉格是这个世界上最优雅的狗！”我将图书馆的规则一股脑儿地抛之脑后，还没走到薇琪面前，我就忍不住开始大声地宣布。等我和斯拉格走到薇琪身旁时，我的话匣子一下子就打开了：“对我来说，他太棒了！是吧，小伙子？”

我的手里还剩下两块奶酪。虽然奶酪的边儿已经开始变软融化，斯拉格还是很开心地一口吞了下去。他一边摇尾巴，一边舔着自己的下巴。接着，他打了个饱嗝儿。

“这就是他表示感谢的方式。”我咧着嘴朝着薇琪大笑。

她没有微笑，一行清泪从她的脸上流了下来。看着她的泪，我的心突然沉了下去：“怎么了？”

“没事，”薇琪说道，“就是该这样，一切安好。”她擦掉了脸上的泪，接着对我说，“我了解这条狗。当我看到他对你的回应时，我心里悬着的石头就落下来了。你们俩就是天生一对。你们的相遇不是因为我，斯拉格恐怕早就感应到了这种冥冥之中的缘分。”

第四章　第一课

在接下来的几天，让我惊讶的是斯拉格竟然明白那么多指令。为了我俩搭档，他差不多受训了两年。现在，轮到我继续对他进行训练了。斯拉格的训练建立在实践、耐心和积极奖励之上——这也是薇琪所谓的三大关键要素。我知道，我对他的训练则离不开三个前提：信心、坚持和数不清的奶酪，至少一开始是如此。

我曾试过切达干酪、瑞士干酪和美国干酪，但我很快发现，斯拉格对奶酪的热情逐渐在减弱。原来斯拉格对奶酪的热情源于他的味蕾喜好，但我最新选择的干酪不符合他的口味。既然奶酪是斯拉格最喜欢的奖励，其影响力还是非同一般的。因此，在我们俩第一期的伙伴训练中，我必须保证供应充足的奶酪。

关爱伙伴犬的训练设施距离我家有一个半小时的车程，训练中心的外墙是白色的，我第一次去的时候，薇琪和斯拉格一起在门外迎接了我。“你好啊！”斯拉格的训练师对我表示了欢迎，“快进来吧。”我发现斯拉格没有背着背包，一走进门，我最想做的就是拍拍他。

薇琪带着我走进了一间宽敞、光亮的房间，房间里的地面铺着混凝土。“你先牵着他待一分钟，之后我会给你拿把椅子过来。”她把斯拉格的绿色尼龙绳递给了我。“斯拉格，待着别动。”他先看了看薇琪，又扫了我一眼，最后又把视线转了回去。当他的训练师快速跑到屋子的另一边时，他只是看着她，并没有跟过去。

我则盯着斯拉格。我蹲下来拍了拍他。斯拉格已经两岁半了，但是他的毛还是像小狗一样，依旧很厚很软。我把手指埋在他柔软的皮毛中，抚着他的后背，轻声说道：“你的毛就像绸缎一样顺滑。”

斯拉格抬起头，摇着尾巴看着我，接着他又看向了自己的训练师。薇琪过来的时候一手拿着一把草坪躺椅，一手拿着斯拉格的袋子。看着薇琪过来，斯拉格的尾巴摇得更快了。

“来吧。”薇琪边说，边把椅子放在我的身旁。她开心地拍着斯拉格说，“小伙子，做得不错。”虽然极不情愿，但我还是把绳子递给了她。

“现在，你需要知道的第一件事是服务犬就是狗。”薇琪首先说道。

来这儿之前，我一想到第一次训练就会紧张不已，我担心自己一下子吸收不了太多的知识。不过截至目前，这次的训练有了一个良好的开端。服务犬就是狗。我铭记于心。

“你不能把斯拉格当成一个穿着夹克、个头矮小的人，毕竟这不是他。”薇琪继续说道，“当然，他也不是个机器，不是说你按下按钮就能让他做你想做的。跟你一样，你的狗也会时好时坏。就算你们相处很多年，你们也会偶尔出现分歧。我们的目标并非尽善尽美，我们讲求的是团队合作。这是我要努力教会你的。”

我突然意识到，薇琪所说的“服务犬就是狗”的含义并非像我一开始理解的那样简单。我需要学的东西还有很多。

薇琪接着说：“斯拉格有两种模式。一是工作模式，这时候他需要背着背包来帮助你；二是非工作模式，这时他就是只正常的狗。斯拉格知道这两者的区别。来，让我给你展示展示。”

作为一只常规犬，斯拉格在薇琪说话的时候一直在我们周围的地板上闻来闻去。当听到召唤时，他会跑到自己的训练师面前。他会有力地摇着尾巴，整个屁股都会翘着晃来晃去。薇琪抓了抓他的耳后，接着说：“好了，大小伙儿，到了背包时间了。”

斯拉格不再晃尾巴了。薇琪温和的话语就像温热的熨斗般，熨平了发皱的衬衣。薇琪先把绿色的袋子放到他的背上，接着扣上了袋子下的大扣子。在这个过程中，斯拉格纹丝不动。背上袋子后，他的注意力一直集中在薇琪身上，就连他尾巴的摇动也有了变化，比起之前的摇动，现在的他有条不紊地摇着尾巴，后来我把他这种摇尾称作“工作式摇尾”。

“看到了吧？当他进入工作模式时，斯拉格必须全身心地投入。”薇琪说道，“他必须排除干扰，无论是人、噪声、其他的动物还是地上的食物碎屑，无论如何，他的视线都不能离开自己的伙伴。”

听完薇琪的话，我突然想到自己时常会走神分心：“哇，专注可是非常难得的工作品质啊！”

薇琪笑了笑："当然了！当你俩成为伙伴之后，你也得不断强化自己的专注力。"

一想到无与伦比的斯拉格就要成为我的伙伴，我瞬间就觉得信心满满。当第一次训练即将进入尾声的时候，我信誓旦旦地告诉自己：无论付出怎样的努力，我都得像训练师一样，同斯拉格一起工作。薇琪和斯拉格一起走的时候脚步轻盈，带着舞者的优雅。他俩的步伐可以说是完全一致！在一边看着，这个想法便在我的脑海里萌生。

很快，我发现这种天衣无缝的团队合作实际上离不开一系列严格的步伐频率。这正是我需要掌握的，看着薇琪的示范，我把她的一举一动都印在了自己的脑子里。即便是最基本的命令，她也会用精准的语言表达。如果她希望斯拉格坐下，那么她首先会喊他的名字。

当斯拉格把注意力移到他的训练师身上时，她会说："坐下。"斯拉格会按照指令坐在地上，这时薇琪就会赞扬他："小伙子不错！"口头鼓励完，她会接着给他一小块奶酪。斯拉格大口吃着奶酪，他的尾巴也会沙沙作响。显然，这是他最喜欢的练习过程。薇琪还提醒我，团队沟通也是不可或缺的一部分。

我努力记住她同我分享的全部法子。虽然我全神贯注地跟着薇琪的指导，自我怀疑还是时不时地出现。它在暗中轻轻低鸣：你连自己的身体都控制不了，那么聪明的动物凭什么要听你的？

几天后的一次训练课上，薇琪又把狗绳递到了我手中。直到这时，我终于找到了答案。在这次训练中，轮到我让斯拉格坐在地上了。狗绳被握在我湿漉漉的手心。我的喉头一紧，脑海里的声音又嗞嗞地冒了出来，这狗不会听你的。

尽管如此，我还是一鼓作气地接下了任务。看着地上的斯拉格，我说道："斯拉格，坐？"带着讨好，我尖声冒了一句，就像动画片中不讨喜的卡通形象一样。

听我说完，斯拉格站在那儿一下都没动。现在怎么办？我皱起眉头，看着薇琪。

"再试试，"薇琪说道，"你得告诉他做什么，而不是让他做什么。"

不要试探，直接说。深吸了口气，我的话又到了嘴边："斯拉格，坐下。"现在，我开始对斯拉格发号施令了。

斯拉格的屁股一下子落到了地上。

“不错！”我表扬了斯拉格，接着又给了他一块奶酪。我对斯拉格、对自己都深感自豪。

“干得不错。”薇琪对我表示着祝贺，“发现没，斯拉格刚刚给你上了一课。当你想让他做某事时，你就得肯定地告诉他。要是你自己都犹豫不定，他也踌躇。如果你充满信心，那么你的狗也会如此。”

小的时候，我一直缺乏自信，一直陪伴我的就只有我的古怪残疾。我明白，正是因为我的残疾，我得比别人更坚强、做得更好。我相信，只有这样，我才能弥补自己身体上的不足。

那时，为了弥补自身的缺陷，我一直保持着充沛的精力。我的成绩全是优秀，又有幽默感，是学校表现最优异的学生之一。看到了吧？我内心的声音呼唤着，虽然我身体残疾，但我比别人更聪明、更幽默、更优秀。我一直以为这些就够了。

现在，我忍俊不禁，坦白道：“我以为信心从来都不是我的强项。”

“别担心，”薇琪温和地说道，“这一切都需要时间。坚持下去，我保证，你一定会苦尽甘来。”

慢慢地，这个承诺变成了现实。在薇琪和希尔维亚的帮助下，斯拉格和我掌握了团队合作技巧。希尔维亚带着我们去拜访了她的朋友马丁先生。马丁是个温和、善良的人，他一直在阿米什社区设计马具。

仔细测量了我和斯拉格的尺寸后，马丁为我们设计制作了一个支撑套。它完美地贴合在斯拉格的胸上，让他的臀部位置有一个牢固的手柄，这样当我们一起走路时，我可以抓着手柄。有了这套量身定做的装备，我们俩一起练习基本的服从命令，学会步伐保持一致，一遍又一遍地练习如何去协同工作。

一次次练习让我明白，我必须一直与斯拉格保持交流。我只有坚定地下指令，对他有所期待时，斯拉格才会给我理想中的回应。每一次小成功都会增加我的信心。当然，毋庸置疑的是：团队合作可不是小事一桩！

薇琪对此也是了然于胸。有一天，在一次难度极高的训练课之后，她对我建议道："下一次去我家会面如何？我们只需要放松自己，学习几个新指令，但接着和斯拉格一起玩一玩。"斯拉格的训练师薇琪和丈夫住在一个小农场上，农场里零星养了几只鸡。去她家见面听起来似乎是个不错的建议。

几天后，我的车开进了薇琪家的车道，斯拉格背上包迎接了我。第一个到我身边的就是工作模式中的斯拉格。紧跟着他跑过来的是他最好的狗伙伴，一只叫作克里斯的小约克犬。接着，一身雪白的尼基也跑了过来，跟在她后面的是隆重登场的德国牧羊犬公主（薇琪曾跟我提过公主，她是农场的老大）。

我依次和每一只狗问好，转了一圈，我又不知不觉地回到了斯拉格的身边，拍了拍他，挠了挠他的耳朵。虽然我没有发出任何指令，但当我朝着房子走过去的时候，斯拉格主动地走在我的身旁。我觉得，他应该是以这种方式告诉自己的狗伙伴："她是和我一起的！"

走进薇琪家后，我坐在了舒适的客厅里，品尝着薇琪家的冰茶，她的招待让我有了宾至如归的感觉。薇琪一直给我讲述着她和小动物相处的幽默故事。一只猫慵懒地靠在沙发背上，眨着它琥珀色的眼睛。

狗狗们在房间里踱来踱去，经过客厅的时候，他们会时不时地停下来让我们拍一拍。不过，斯拉格并不满足于此，他很快就以新的方式来进一步引起我的注意力。他带着一只瘪了的脏足球走到我的身边，接着把足球放到了我的大腿旁。

薇琪笑着说："知道吗，这可是他最喜欢的玩具。"

从这个球的样子我也能猜个八九不离十，我摸着斯拉格的头，告诉他这个脏脏的东西是个珍宝。受到奖励后，他又给我叼来一个支离破碎的老鼠玩具，老鼠的耳朵已经没了，接着又给我叼来一块塑料骨头、一只染着草色的网球鞋。

“他显然是在跟你炫耀，我敢肯定，不然怎么连我在花园里穿的鞋都被他叼过来了！”薇琪抓着斯拉格最后给我叼来的鞋，轻轻地把它扔回了角落，“说到花园了，你愿意去其他地方看看吗？”

其实，我心里一直期待着她的邀请。我们走到了马厩，空气中弥漫着香甜和土壤的气息，畜栏里的马抬起头，温和地注视着我们。我觉得这是此行最好的地方，但斯拉格似乎并不认同。

他仿佛一直在模仿旧时的牧场猎犬，在花园里一排排的南瓜和豌豆间嗅来嗅去，目不转睛地盯着鸡群，看着它们咕咕地叫着，爪子在地上挠来挠去，好像主人一样，大摇大摆地在篱笆边茂密的草丛里踱来踱去。我们刚一走进马厩，他的尾巴一下子就竖了起来，接着朝着远处半开的马厩门迅速跑了过去。

我从没见过他跑得那么快。“这是怎么……”我疑惑地问道。

“糟了！”薇琪大喊了一声。她跟着那一抹黄色追了过去。

过了一会儿，薇琪急匆匆地拽着牵引绳，把斯拉格拉了回来。这时，我才意识到薇琪刚才的惊呼根本不是小题大做：她那是不想让斯拉格在外面的马粪里打滚儿。“对了，”她擦着脸上的汗，气喘吁吁地对我说，“我跟你说过斯拉格喜欢在马粪中打滚儿没？”她大喘粗气的样子和斯拉格没什么两样。

她的话一直深印在我的脑海里。拜访完农场几周之后，一想到当时的场景，我还是会忍不住大笑。当然，他们也让我再次深刻感受到了薇琪在第一节训练课上对我说的话：服务犬就是一只狗。

第五章　伙伴之路

“想来点儿比萨吗？”刚刚到达训练场，薇琪的问题让我一下子放松了下来。

“好啊，”我接着说，“什么时候吃比萨都很美味。怎么了？”

“我有张买一送一比萨券，就在哈里森伯格市里的一家小意大利餐馆。”说着，薇琪打开了她蓝色道奇车的后排车门。“快来啊，我饿了。”她一边说，一边扶着我坐到后座上。

“哪儿？……”还没等我说完，斯拉格就从打开的车窗中伸回了头。他嗅了嗅我的耳朵，舔着我的脸颊。

“嘿，你！”我把胳膊搭在他的脖子上，亲了亲他丝绒般的鼻头。

“看看你俩，好像在一起多年了一般。我看，你们已经为第一次午餐约会做好准备了吧。希望你们别怪我做电灯泡。”薇琪打趣着说。那时我才突然意识到，我就要和我的服务犬共进午餐了！

斯拉格在训练期间去过很多餐馆。当我们走进比萨店的时候，他没有丝毫不听指挥的迹象。我一路笑着，斯拉格则在满是格子的地毯上蹦蹦跳跳。斯拉格就在我的身边，后面跟着薇琪。我小心翼翼地穿过熙熙攘攘的屋子，这感觉就像突然声名大噪一般。

一个小女孩警惕地喊着：“看，一只狗！”她靠在椅子上，用油腻的手指着斯拉格说道，“要不要来点比萨？这狗狗真好！”斯拉格的崇拜者年龄尚小，还不能理解服务犬不能吃桌上的食物，当然，她还是很有见地的，一看到斯拉格，就知道他很不错。

薇琪和我朝着空桌走了过去。斯拉格就跟在我的身边。我已经学会在牵着斯拉格时，解读手里牵绳不同的触觉了。绳子的位置还有松紧感就像话语一般，基本可以清晰地传递不同的信息。此刻，我手中的绳子突然被拽了一下——有什么事不对。

我迅速扫视了比萨店一圈。那儿！红绿格交织的地毯上躺着一个肉球。斯拉格现在正盯着它，满脸充满了渴望，好像要吟歌作诗一样。啊，亲爱的肉球，我多么热爱你的味道；遗憾的是，你的美味，是我永不能觊觎的！我多么希望可以一尝……

“斯拉格，别管它。”重新调整了注意力后，我开始引导我的狗。斯拉格虽然略微不喜，但还是抵制住了肉球的诱惑，趴在了我们桌旁的地板上。

“做得不错，”薇琪说道，“现在告诉他待在原地，我们去吃午饭！”

意大利食物香气扑鼻，带着一丝丝辛辣和诱人的味道，连我都忍不住流口水。当然，一想到要把斯拉格留在原地，我就觉得有点紧张。训练期间，我们已经多次练过原地待命。之前的训练现在还管用吗？我也不确定。斯拉格会听我的命令吗，还是违背我的指令，去吃那掉在地上的肉球？最后，我还是决定放下自己的怀疑，用我最为礼貌的声音发出指令：“斯拉格，等在这儿别动。”

他摇了摇尾巴。

“你可以把他的反应当成‘遵命，女士’。”薇琪大笑着说。我跟着她来到自助区。我随意地把面包片和比萨放到一只温暖的白色盘子上，满脑子都在担心斯拉格是不是真的原地待命。其间，我偷偷回过身瞟了一眼。

这一看让我差点儿把手里的食物掉在地上。斯拉格还是等在我们让他待的地方，丝毫没有移动。他一直在看着我，他褐色的眼睛如此专注，好似要把我吸进去一般。

等我拿着食物回去的时候，他用尾巴敲着地面，欢迎我的归来。我微笑着坐在绿色的软凳上。正当我准备享用意大利美食时，突然我的左脚上传来一阵沉重感。我已经习惯了身体精疲力竭时的重力，但这次的感觉不同以往。它给我带来了一阵温暖。我们的桌子上铺着一块红布，像舞台布一样垂在桌腿两边，当我掀起桌布打算看看我的“假肢”时，桌布的锁边让我的手一阵发痒。

听到我的呼声，斯拉格轻轻竖起耳朵，但是他的头依旧没有动。他把头完完全全地放在我的脚上，显然是很舒服。斯拉格和我相对而视，他脸上的甜蜜神情让我屏住了呼吸。就在那一刻我才意识到：不通过只言片语，最纯粹的奉献也可以在两颗心之间流动。

“第一次工作午餐”大获全胜后，斯拉格和我开始一同去常见的地方，比如杂货店、银行、大学校园等，今年9月我还得回到学校完成我的研究生课程。这些公共地点表明了我们伙伴关系的进一步改善。

虽然我依旧时不时地感到不安，但我的内心也有一种前所未有的积极情绪在孕育萌生。斯拉格出现在我的身旁，让我感受到了涌动的自信心；我对斯拉格的信任不断加深。一想到自己在这段关系中的角色和价值，我竟然开始试探着肯定了自我。

一天下午，薇琪对我说，一个专业的宠物摄影师会在当地的一家宠物医院进行拍照，我和斯拉格是时候该去拍张团队照了，在这个明媚的下午，我最需要的就是点滴的信心。我知道这里有很多事物会让斯拉格分心，当我走进人流涌动、熙熙攘攘的商店时，我用最为坚定的语气说道：“斯拉格，跟上。”

他看着我，脸上的表情好似在说：“都听你的，老板！”

我们俩安然地穿过商场里陈列的商品。我突然停下来，望着眼前的一件牛仔衫，牛仔衫的翻领上绣着一只黄色的拉布拉多犬的脑袋。薇琪说道："看起来和斯拉格很像，对吗？"她落后几步跟在我们身后，这样方便她观察我们的团队合作，必要的时候还能提供一定的指导。

我回头看了看她，对着她露出安心的微笑。过去的几周以来，我迷上了和拉布拉多有关的一切。"好吧，我考虑考虑要不要直接买下来。"

"好主意，不过你恐怕得先排队照相，不然一会儿人就多了。"薇琪朝着商店后方走去，那里已经聚集着一些宠物和人。

我点了点头，朝着堆满鸟类用品的过道走了过去。斯拉格在我旁边蹦来蹦去，毫不在意满是玩具、饲料和笼子的架子。当他经过一堆撒在地上的鸟食时，他把爪子抬得高高的，似乎他根本不想在工作时碰到任何东西。看着他的表现，我忍不住笑了。

我一直沉迷在斯拉格躲避鸟食的动作上，竟然没注意到我们已经走到了另一条过道。意识到走错路后，我才带着斯拉格重新回到狗狗队伍中。

糟糕，我应该看路的。这个声音又在我的脑袋里嗡嗡作响。

猪耳、肺片、酸奶、奶酪、零食的刺鼻气味充斥着斯拉格的鼻子。他的鼻孔微微地抽动着。闻着那惊人的味道，他先是把头转到一边，接着又转到另一边。

我似乎可以感受到因诱惑而传遍全身的颤抖，接着又传到皮带上，继而又到了我的手心。虽然我们多次训练过“分心工作”，但这一次我根本无法拿定主意，也不知该如何是好。内心慌张的我身子都僵了。

“记住，你得继续往前走，这样才能给你的狗指明一点方向。”薇琪的声音穿透了我脑子里的困惑。

没错！拖着一瘸一拐的腿，我继续前行，我边走边告诉斯拉格：“走吧，斯拉格，跟上我！”我的话似乎奏效了。看着他又按部就班地跟在我的身边，我可算是松了口气。然而我的安慰转瞬即逝。走道尽头等着的可是橙色的生牛皮骨和新鲜奶酪，它们正合斯拉格的口味。钟爱奶酪的斯拉格正舔着嘴唇，冲着干酪方向拽着绳子。

我的话语中满是拒绝：“斯拉格，别拽了！”

我的同伴竖起的耳朵垂了下来。我把他的意识想成了一台带天线的电视机，我坚定不移的指令让他大脑的频道从奶酪广播转到了团队协作。他停了下来，继续跟上了我的脚步。

“干得不错！”

我和其他人以及他们的宠物都等在摄影师的店里。一对垂耳兔从他们的铁笼后看着我们，一只比斯拉格的爪子大不了多少的小白狗使劲儿拽着他镶着宝石的皮带。

不过我的斯拉格显然不愿再次在工作模式中走神，对他们丝毫不搭理。我表扬了他，给了他一大块奶酪。斯拉格看着奶酪，眼里露着毫不掩饰的欲望。他从我的手掌中含走了自己的奖励，在我手心里留下了一大坨口水。毫不迟疑，我在大腿上擦了擦手上的口水。

几分钟后，我坐到了相机面前，这时我才意识到，我和我的服务犬的第一张团体照上将会有我、我非凡的伙伴以及我腿上那一丝狗狗的口水。

拍照的那一瞬间，我就那么笑着看着我的狗伙伴。我知道我俩的搭档之路不总是一帆风顺，现在我也明白，有时我们的合作中也会浸上口水。

要是斯拉格坚持自己的方式，那么我们前面的伙伴就会在道路中设计更多的物质要素作为挑战。这一点在我第一次和薇琪一起参与公共演说时便显而易见。

当地的一家民间组织邀请她就服务犬谈谈自己的经验。参与此类活动有益于筹集资金，增强人们的意识，虽然我不太习惯演讲，但我还是很乐意陪着薇琪。随着我和斯拉格的训练接近尾声，薇琪又开始训练一只迷人的黑色拉布拉多犬。这只狗的名字叫扎克。她开车拉着斯拉格和扎克一同来赴约，在我们约定的时间之前就到了镇上。

那天，我穿着印有关爱伙伴犬的粉色官方衬衫。看到薇琪将她蓝色的道奇皮卡开进教堂的停车场，我从车上跳了下来，朝她挥着手。我们的演讲地点就是教堂。我发现一向坦然的薇琪似乎有点紧张。

她从车上跳下来，急匆匆地跑到车尾，扎克和斯拉格正在那儿等着下车。薇琪毫不迟疑地告诉扎克，让他保持不动，同时让斯拉格下车，把他的牵绳放到我的手里。她眨了眨眼，微笑着说："从今天开始，莉娅，他就是你的狗了。"

"太好了。"我摸着斯拉格的头对他说道。

"我已经很仔细地处理过这个不安分的斯拉格了，但你还是别靠他太近。"薇琪建议说，"你也知道他喜欢马粪堆，到现在为止我觉得他的右耳还是绿的。”

她的话又让我记起了我在农场的那个下午，他疯狂地跑到马厩里的那一幕，我突然喘不过气来。

“今早，我一直忙着给两只狗洗澡梳毛，你不知道吧？”薇琪摇了摇头，似乎还是不能相信所发生的一切，“知道吗，斯拉格溜出了屋子，在马粪里滚了一圈儿！来之前，我刚把他清理干净。”

我和薇琪肩靠着肩：“今天从一开始你就不安稳啊。”

“是啊，今天从一开始我就不容易，斯拉格可就不一样了，他对这一切可都是兴致满满的。”她笑着说道。

我低头看了看斯拉格。他的眼睛里闪闪发光，尾巴在空中开心地晃着，虽然脖子和右耳上还带着土色的涂鸦，但看起来根本没有影响他的兴致。

薇琪快速拍了拍他，接着就放扎克下了车。她笑着看着我：“我觉得我们该进去了。我和扎克在前面领路，你和你臭烘烘的绿耳斯拉格殿后。”

我笑呵呵地跟着她走到了教堂凉爽的地下室中。那里有几个人在等着我们。一位身穿格子裙和白衬衣的女士热情地带着我们走到了屋子前方。

她对她的同事们宣布："好了，大家请注意，我们马上就要开始了。今天我们有幸请到关爱伙伴犬的薇琪和布里尔到场，她们会向我们讲讲她们可爱的狗狗。"说完，她微笑着看着拉布拉多，现在他们正静静地躺在我们的脚边。"多么漂亮啊！多么沉稳啊！"

察觉到女人们声音里的欣赏，斯拉格连着轻弹了两次自己的尾巴。"别客气，你真是太棒了！"斯拉格的倾慕者冷静地说着。说完，她在一张空着的折叠椅中坐了下来，观众席中则传来一阵阵笑语。

现在，轮到薇琪站起来了："非常感谢各位的邀请。我是关爱伙伴犬的训练师。这是扎克，我的新学生。"

她示意了一下黑色的拉布拉多。接着，她又指着我说："这是莉娅和她的新服务型犬斯拉格。今天他们和我一起参加活动，这样莉娅也可以亲身感受下演讲的过程。斯拉格和莉娅的团队训练极为不易，但是我很高兴地宣布，他们现在培养出了默契。斯拉格是莉娅的好帮手，可以和她一起应对脑瘫带来的种种挑战。”

薇琪停顿了一下，对着我笑了笑。一阵不安突然涌上了我的心头。天哪，我脑海里又传来一阵尖锐的声音，我真不敢相信，她刚刚竟然对着一屋子陌生人说我有脑瘫！现在，我根本不敢直视台下的观众，我害怕看到他们的脸，害怕他们脸上写满对我的疾病的好奇。我这一辈子，见过太多太多类似的表情。

脑瘫一直是我儿时的秘密。只有当我在附近的医疗中心接受各种各样的手术和术后治疗时，我才会吐露自己的秘密。

在医疗中心，我的秘密成了一个标签——一个识别我、定义我的标签。每当我穿过医院那沉重的大门，我都会觉得那个正常的我正在消散。

我成了被人观察、管理以及修理的对象。从一大早开始，穿着白大褂的医学院学生就会盯着沉睡中的我。他们一整天都会跟着我，跟我说话的方式与动物园里对着蛇和猩猩傻笑的人没有什么不一样。

在我8岁的一个下午，我来到医疗中心接受物理治疗，等我到那儿时，一群医学院的学生已经准备就绪。他们分散在治疗室内，但是当我的理疗师安迪扶着我躺上地垫时，他们围成一圈儿，把我包在了中间。

当时，安迪告诉我，她需要回办公室打个电话。“在我走的时候，”她说道，“你可以开始拉伸腿筋。这个过程不会很痛苦，等我回来你就好了。做拉伸的同时，这些学生会陪着你。”她示意了下那些学生，但是当她离开后，他们就站在我的上方，时不时地和旁边的人窃窃私语。我听不清他们在说什么。他们手里举着相机。

我觉得这个时候我应该说点幽默的话，比如“喂，你有什么好吃的”，可是，突然之间的紧张让我大脑一片空白。我的拉筋康健开始了。

一个脚穿时髦靴子的女学生一边用脚点着治疗毯，一边问道：“这是个脑瘫案例，对吧？”

她的声音尖锐突兀，就像鸡叫一样。我躺在地板上，仰头正好能看到她的鼻子，又长又尖，像喙一样。我默默地给她起了个外号——鸡脑袋。我真想鼓足勇气对她说：“嘿，鸡脑袋，我是个孩子，不是个例子！”

当她蹲下来的时候，我一直在努力鼓足勇气。“我得拍张照。”她用相机对准了我的臀部——咔嚓。我强迫自己不去理会她的行为，让自己专注于拉筋治疗上。

接下来，一个留着胡子的学生俯下了身子。他近在咫尺，我的鼻腔里充斥着他的古龙香水味。“我得在这儿拍张照。”他说道。他揉了揉脸，对准了自己的相机。连着拍了四张照片后，他走开了。

其他人也是如此，一个接一个地俯下身子，给我的身体拍了照。他们没有告诉我为什么需要拍那些照片，也没有顾及我的感受。他们甚至连话也不和我讲。恰恰相反，他们之间相互交流。一个脸色发紫的男人给我拍了张照。接着，他转头对鸡脑袋说：“你觉得她知道自己的身体有多糟糕吗？”

当时，我特别想冲着他大叫。我想告诉他，告诉鸡脑袋，告诉他们所有人：“我不是个怪物！”当我抬起头时，他们不自然地转移了话题。

小时候，我就知道，人们只要一听到我的病情，脸上便会浮现出那种表情。现在，坐在清凉的教堂地下室里，我并不想再次看到人们脸上的那种表情。我的脸唰的一下子红了，只能目不转睛地盯着地板。

听到一阵猝不及防的声响，我抬起了头。一开始，这个声音很温和，但渐渐地却像夏日的雨点般响彻全场——是掌声。我抬头看了看台下的观众，他们脸上浮现的不是鬼脸，而是微笑。我突然意识到：这些我不认识的人刚刚得知了我埋在心底的秘密，我儿时的羞辱——我是一个脑瘫患者，想到这儿我热泪盈眶。他们竟然鼓掌，为我和我韦德的狗鼓掌。

感受到我的情绪，斯拉格摇着尾巴向我靠近，不停地用鼻子蹭着我的脚。薇琪继续她的演讲。我低下身子摸了摸斯拉格的毛，我和他分享了这个事实：我爱你，我很确定我爱你，我臭烘烘的绿耳狗。

第六章　测试

要想正式和斯拉格建立伙伴关系，最后一步便是公证；这意味着正视某种我所担心的事儿——测试。长久以来，我都是个完美主义者。从小时候开始，我便沉迷于各种拼写测试、数学测验和科学考试。现在，我满脑子里想的都是团队测试的种种细节。

我知道，这个测试远比学校的书面考试重要得多。这项测试旨在检验斯拉格在公共场合的稳定表现和行为，也是对我们团队表现的评定。这项测试的挑战性极高，让我们之前的外出看起来不过是平常的公园散步。讽刺的是，对我和斯拉格的主要考验还真是在公园里进行的——一个真正的公园，我们测试的那天，那里恰好在举办一场当地的狗狗表演秀。

希尔维亚选择这里也是有原因的。在熙攘的狗狗表演秀上会充斥着不同的场景、声音和气味，如果在这种场合下我都能做到游刃有余，那么她便能确定我和斯拉格在哪儿都不会有阻碍。

到了测试那天的早上，希尔维亚、薇琪、斯拉格还有我在哈迪斯一起吃了顿简单的早餐。薇琪选了一张大桌子，希尔维亚抱着一个夹子，里面放的全是重要的评估表，我和斯拉格跟着她们走到了餐厅的前台。"我会帮你拿东西。"虽然她这么说，但我知道关爱伙伴犬的主席也会来评定我和斯拉格的工作。

似乎我的伙伴也意识到了这点。他跟着我的脚步走在我的脚边，在我点菜时静静地坐在我的身边。

待我喝了两杯咖啡、一大杯橙汁后，服务员才低头看到我的狗。他大声说道："任何狗都不允许入内！"

我心里默念着：糟糕，对峙是我今天最后的测试。我一向不擅长捍卫自己的权利，我的手迅速地拂过了斯拉格的头，以此来平复我的紧张。还好，薇琪和希尔维亚已经教过我，当有人不允许斯拉格进入某个公共场合时，我该如何应对。

我深吸了口气，对着服务员说了她俩教给我的说辞："这是我的服务犬。我身有残疾，离不开他的帮忙，根据美国的残疾人法，他有权伴我左右。”我的语气比我想的还要坚定冷静。

服务员张口结舌。接着他挠了挠头，眨了眨眼，突然冒出一句：“哦，那你还想来点什么吗？”

记下我的点单，他便匆匆走开了。直到这时我才意识到，希尔维亚竟然走到了我的身旁。“干得不错！”她开玩笑地拍了拍我的胳膊，“这场对峙根本不是你测试的一部分，但是你的处理方式非常专业。干得不错！”

她的话语还有我的成功应对让我振奋鼓舞，我激动得差点儿跳起来。希尔维亚端着我们的食物，我决定让斯拉格也去拿点儿东西。我把我红色的皮质钱包拿到他的面前，对他命令道：“斯拉格，拿着。”他服从地咬住了我的钱包。“拿着。”我继续命令道。他按照我说的咬住了它。

啪！突然一个声音打破了空气中的宁静。我下意识地跳了起来，但是斯拉格还是冷静地站在我的身旁。我深吸了口气，扫视了一圈儿终于找到了声音的来源。“抱歉，吓到你们了。”希尔维亚边说，边俯身去捡掉到地上的夹子，“我得确保斯拉格在工作过程中，可以处理意料之外的声响，这都是你测验的一部分。”

“好吧，”我腼腆地笑着，“我希望我俩的分数不会因我的表现受到影响。”

“大吃一惊吧，我理解。”希尔维亚眨了眨眼，“看到斯拉格一直保持注意力，我很高兴。他还一直叼着你的钱包，真专注！”

斯拉格一边自豪地摇着尾巴，一边叼着钱包回到我们的座位边上。我弯下身，伸出手对着斯拉格说道：“斯拉格，给我。”听到我的命令，他才松了口。

“你们俩做得不错！”薇琪说道。听到她的话，我笑了笑。吃早餐的时候，我一直默默地祈祷我们俩的好势头可以继续保持下去。

很快我便发现我的祷告有了回应。我们到达公园时，里面挤满了人和狗。公园里的停车位已经所剩无几，薇琪把她的皮卡停在空位时，我的心跳得越来越快。我从副驾上下了车，还没等她解开安全带，我便跑到了车尾。片刻后，薇琪从车上下来走到了我身边，她轻推了我一下，善意地提醒道：“马上就要开始了，准备好了，对吧？”

“准备好了，就是有点紧张。”我有点忐忑地说。

“我相信你们会做好。”薇琪转向斯拉格，他正站在皮卡后挡板上等着下车。“小伙子，我说得没错吧？”边说着，她把手放在斯拉格的头上，好像在给他祝福一样，接着她把斯拉格的牵绳递给我。“现在他全权由你负责！”

斯拉格的眼睛雪亮警觉。他的双耳因振奋竖了起来，鼻孔也不断抽动着，显然他是在尽可能地捕捉周边的信息。不过希尔维亚没过来，我还不能让斯拉格下车。希尔维亚把车停在了停车场的里面，在这炎炎夏日，等走过来时她已经大汗淋漓了。“你俩都准备好了吧？”她擦着眉头的汗水问道。

“准备好了！”我站了一会儿，深吸了一口气。斯拉格依旧等在原处，纹丝不动。

“斯拉格，下车。”我刚下了命令，斯拉格便从皮卡上跳了下来，接着站到了我的脚边。

“好了，我们一起散散步吧！”希尔维亚宣布道。我们一起穿过了停车场，每逢车辆经过时，我们便会停下来。不过，斯拉格一直冷静地站在我身边，没有受到外界的任何影响。我知道希尔维亚会注意到这一点，她要检查我们测试中的两个关键点：听令下车和适当的交通行为。

我们朝着绿树成荫的人行道走去。快走到路边时，我停了下来：“斯拉格，起来。”

斯拉格没有反应，他就站在那儿看着我。我内心的声音尖叫起来：“别废话了，他不会听你的！你搞砸了。你可以和测试说再见了。”不过紧接着，我想起了薇琪的话——她说团队合作比完美无瑕更重要。现在，我坚定地抓住斯拉格的牵绳，再次重复了我的命令：“斯拉格，起来！”这次我的搭档把他的前爪放在路边。

“这才对啊！做得不错！”我紧握着扶手，要让自己有所依撑。在斯拉格的支撑下，我小心翼翼地走到人行道上。在我安全到达路边之前，他一直保持着静止。终于走到了路边，我愉快地喊道：“好了！”这时，他再次站到了我的脚边。

“好了，”希尔维亚说道，“我们就在阴凉下测试坐下如何？”

斯拉格和我已经练了无数次坐下了。尽管现在，人们和其他狗都来来往往，但当我告诉斯拉格“坐下”时，我的声音里充满了信心。一听到命令，斯拉格的屁股立马就坐到了过道上。

“不错。”希尔维亚说道。她走过来站在斯拉格的身后。接着，令人惊讶的是，她一转身变成了一个喋喋不休的狗狗狂热分子，看起来压根儿不认识斯拉格一般。“哇，多么美丽的动物。今天怎么样，漂亮的小狗？咦？今天心情好吗？你太漂亮了，我要把你带回家！”

看着希尔维亚拙劣的演技，我实在是忍俊不禁。我觉得斯拉格肯定会欢喜地跳起来，在她的鼻头留下一个热情四溢的湿吻。出人意料的是，我那彬彬有礼的同伴依旧保持着坐姿，毫不理会希尔维亚的引诱。

虽然希尔维亚环绕在斯拉格的身旁叽叽喳喳、轻声细语，可他依旧记得自己的训练。他只是晃了晃尾尖，除了这种沉着的嗖嗖作响，他没有其他的回应。让我说的话，他的这种态度就是“经济型摇尾”。

“哈！”希尔维亚走开的时候忍不住大笑起来，“今天没有成功干扰斯拉格的注意力啊！”她冲我示意了一下，“接下来轮到你了，我们要进行6英尺①召回测试。”

“遵命，女士。”我突然希望像我的狗一样顺从。我用肯定

① 1英尺等于30.48厘米。——编注

的命令语气让斯拉格蹲在原地，接着我跑到了希尔维亚身边。

就像我们第一次午餐约会时一样，斯拉格睁着明亮的双眼望着我。我想他的肌肉，一定像那紧紧盘绕的弹簧一般，蓄势待发，等待着我呼唤的那一刻。

五分钟的等待对我而言就像是永恒一般，这也是考验我们的一关——我们必须证明在干扰、等待或远离我的情况下，斯拉格依旧可以保持静止不动。最后，希尔维亚终于示意我到了召唤时刻。一听到我的声音，他马上朝着我奔了过来。

他坐在地上望着我，眼里满是柔情和期待。我想，他是不是在说："我还以为你永远不会召唤我了呢！"或是在说，"我来了！我的表现如何？"虽然斯拉格脑袋里的想法我无从得知，但毋庸置疑的是，他出色地完成了任务。我给了他一块奶酪，蹲下来抱了抱他。

与此同时，薇琪跟一个牵着小男孩的女人在一旁聊天。我觉得她应该是在安排接下来的测试内容，当他们三人走过来的时候，我便让斯拉格躺在地上。

"嘿，莉娅，这是琳恩和她的儿子亚当，"薇琪向我介绍了两人，接着拍了拍小男孩的肩膀，"他们同意参与接下来的测试。”

薇琪对这对母子解释说，我们一般不建议拍碰服务犬。不过，为了测试需要，我们得证明当不谙世事的小孩靠近时，斯拉格可以保持友好和礼貌。

“我们家有两条拉布拉多犬——雅克和艾玛。”琳恩说道，“不过他们和你的服务犬不同，他们是我们家庭的一部分。”她蹲下来看着自己的儿子，“亚当，你想见见斯拉格吗？他很友善，也很特别。”

小男孩睁大了眼睛，点了点头。

“斯拉格肯定很高兴！”听到我的鼓励，亚当脸上闪过了一个腼腆的笑容，接着他伸出自己胖乎乎的小手，轻轻拍了拍斯拉格的头。

斯拉格调整了一下自己的位置，以便更好地审视自己的新朋友。在斯拉格的鼓舞下，亚当用手搂住斯拉格的脖子，紧紧抱着他。虽然亚当的拥抱来得突然，我的服务犬依旧保持着自己的坐姿，唯一的回应就是开心地用尾巴敲着地面。

我一直在考虑，狗的快乐是否也具有传染性，这一刻我所有的怀疑都被抹去了。亚当咯咯地笑着，他妈妈的脸上也满是笑容，我突然希望自己也有一条尾巴，可以和我的伙伴一起摇摆。“这是我见过的最好的拉布拉多犬！”琳恩再次拉起儿子的手，激动地说。

我笑着说：“您说得没错！感谢您和儿子帮助我们获得这部分的认证。”

“这是我们的荣幸。在接下来的测试中，祝你好运！”

琳恩和亚当离开我们，继续母子二人的散步，薇琪在我耳边低声说：“你不需要运气，你们俩是天生注定的搭档！”

我和斯拉格的二人组对我来说恰到好处。不过很快，我发现附近的其他狗都迫不及待地加入，扩大我们的队伍。一只可爱的巴塞特猎犬似乎特别希望了解斯拉格。巴塞特猎犬的皮绳很长，足以让她自由地跑到斯拉格的身旁。她抽着鼻子，尾巴兴高采烈地摇来摇去。

“莉莉，”牵着皮绳的男人喊道，“你找到自己的情郎了？”她丝毫不理会自己的主人，心思全扑在了斯拉格的身上。她一直嗅来嗅去，摇着尾巴，迈着她粗短的小腿在斯拉格周围四处乱窜。至于我的狗，也许他被莉莉柔滑的长耳朵吸引了，也许他迷上了她双眸中的含情脉脉。

这时候，斯拉格突然决定休息一下。他拽着绳子移向跳起的巴塞特猎犬，暂时将我抛于脑后。

“你最好给他下一个更正命令。”希尔维亚的建议回应了我脑中此起彼伏的念头。我下意识地猛拉了一下狗的皮带，命令道：“斯拉格，离她远点儿！”接着，我冲莉莉的主人喊道，“请您过来带您的狗离开！我的服务犬正在工作。现在还不是他玩儿的时候。”

“天哪，我竟没发现！”男子跑了过来，不顾猎犬的抗议，将她搂在怀里匆匆离开了，一边走，一边道歉，给我留下了一连串的抱歉声。

斯拉格现在恢复了工作模式，我用手拍了拍他的脸，畏畏缩缩地说道：“都搞砸了，对吗？”

“什么？”希尔维亚挑起眉头，疑惑地看着我，“刚刚你处在困境之中，你纠正了自己的同伴，你也知道自己需要那个男人来控制他的狗。在我看来，你的表现恰如其分。”

“对，我也是这么想的！”捂住心头对完美的执念，我回应道。

接着，我们在长凳上坐了下来，看着周围来来往往的人和狗。橙色的塑料柱记录着每只狗在服从表现中的得分。离我们最近的是一只优雅的边境牧羊犬，好像在他的主人身边滑行一样；另一只金毛猎犬则像是在领导一个游行乐队，时不时地跑来跳去。一只黑色的拉布拉多可以完全按照主人的指令行动，他的得分也是目前最高的。

所有参与比赛的竞争犬都让我着迷。我低头看了看自己的狗，斯拉格正平静地躺在我的脚边，我知道我无法让他在所有的命令服从比赛中获胜。

为了与斯拉格正式成为伙伴，我们俩必须完成一项最终任务——在没有牵引的情况下，由斯拉格自主跟随我的脚步。

希尔维亚让我们走到供应商的区域。“就像你平时一样，不过你得松开手里的皮带。你得让你的狗看到皮带已经不在你的手里了，但他仍需要始终跟在你的脚边。”

“知道了！”我让斯拉格跟在我的脚边，接着朝着带有明亮条纹的遮阳棚走去，在那儿商人们正在卖狗狗衣服、大便器等各种用品。

接着我松开了皮带。我们走过干草坪时，皮带的一端也从上面拖了过去。斯拉格抬头看着我，他虽挑着眉头，但依然跟在我的脚边，与我的脚步保持着完美的同步。突然，我的喉咙一紧。我想起了几个月前——那个非凡的清早，我和斯拉格初次相遇，一起以一种尴尬的方式同步行走。

然而让我惊讶的是，斯拉格在没有牵引的情况下，依旧可以追随我的脚步。现在，没有绳子，他依旧在我身旁，和我一起工作、帮助我、追随我。我这才意识到，我们的合作关系正在变化，一开始由牵绳和脖套连接，现在是被某种更强大的事物相连——我们不断加深、日益强化的情感纽带。

“太好了！”希尔维亚在我身后喊道，她的话让我回过神来，“我目睹了你们的表现，你已经征服了斯拉格。现在可以捡起绳子来了。”

我回头看着她，对她露齿一笑。接着我轻声对我的犬伙伴说：“我就知道你没问题。”我停下脚步，命令道，“斯拉格，绳子。”我的狗立刻咬住绳子的顶端，把它放在我等待的手中。“做得不错！”我欢呼道。我们俩转了一圈儿，回到了薇琪和希尔维亚身边。

当我们走回去时，她们俩一直在笑。“什么事这么好笑？”

我问道。薇琪用手拍了拍嘴。我转向希尔维亚："不想和我分享一下吗？"我的问题让她笑得更厉害。女性的笑声，加上我完成测试后的放松，让我焦急地说道："快点儿告诉我，保守秘密并不好，尤其是在认证日。快跟我说说！"

"好吧，我们只是发现了你和斯拉格的趣事。"希尔维亚懒洋洋地说，"你们俩步伐竟然那么一致，当你走路时，你的……嗯……你们俩的屁股竟然以同样的方式摆动！顺便说一下，你通过了认证，成绩优秀。"她搂着我。

在希尔维亚的祝贺拥抱中，我竟然一句话也说不出口。她的玩笑让我微笑，然而她的话也缓解了我心中长久以来的创伤。一路成长过来，人们总是说，我走路的方式不好，是错的，需要纠正。我也一直这么认为。

在我和斯拉格一起度过的那段时间里，我发现与他保持一致不错——是件好事。我心底的声音低声说出了一个全新的可能：也许我们走路的方式，我走路的方式，从来不是什么坏事。

"给你个巨大的拥抱。"薇琪轻拍我的肩膀，我转过头看着她。她哭了，同时泪水也从我的脸上滑了下来。我们长久以来的努力就是为了今日的成功。现在我们做到了——斯拉格和我正式成为一个团队。斯拉格今晚将会和我一起回家，从今天开始，他将永远都陪伴我的左右。

这一刻标志着我美好、非凡生活的开始。但对于训练师薇琪而言，这意味着放手，向斯拉格道别。我抱着薇琪，低声说道："我保证会照顾好他。"

"我知道。"薇琪诚恳地说，"你们两个会互相照顾。这就是伙伴的工作方式。"

几个小时后，在我欢迎斯拉格回家时，薇琪的话一直在我的脑海中回荡。大拉布拉多穿过房子的每个房间，嗅闻，探索，并用他好奇的鼻子触碰每个角落。我拿出他的玩具，把食物放在他的碗里："希望你喜欢这次全新的探索！"

斯拉格抓住他最喜欢的压扁足球，向我跑来。我顽皮地拍着他从嘴里伸出来的黑白皮球，它就像一个半吹起的泡泡糖一般。斯拉格哼了一声，接着跟着我进了我的卧室，在地板中间蹲了下来。他啃着他的球，专心地看着我整理他的床和木箱。

"你还满意吗？"啪，啪，啪，他摇着尾巴对我表示了肯定。

接下来，斯拉格和我四处闲逛。当我们享用了晚餐，进行完一场有趣的拾取游戏后，我们高兴地到前门廊上放松休息。

我坐在一个巨大的木秋千里，斯拉格则趴在我伸出的脚边儿上。

一阵微风吹过，拂动着我们周围的树枝，为树蛙的合唱增添了一丝温柔的沙沙声。斯拉格时不时地喘口气，深沉而满足的声音似乎在与我内心的喜悦共振。

那天晚上，我听着同样的喘气声进入梦乡。我把斯拉格的床拉到我的床的旁边，我向下伸出手，直到我的手指碰到他柔软的皮毛。我微笑着，低声说："好好休息，我亲爱的斯拉格。我爱你，明早见。"后来，这句话成为我每晚跟他的睡前互动。

第七章　好狗、坏狗、脏狗

认证过程中的胜利和眼泪证明了一个毋庸置疑的事实，斯拉格注定要改变我的生命，不过即便在这意义非凡的时刻，他所能带给我的转变依旧无人知晓，它必须源于体验，一刻又一刻地接踵而至。

我和斯拉格在我家的北山小屋里度过了第一个夏天。山上种了多年的橡树和松柏高耸入云，在树下的阴凉里我发现了我们每天相互陪伴的乐趣和挑战。

现在，斯拉格是每天都会陪在我身边的伴侣。每天清晨，我睁眼看到的第一张脸是他的，从早到晚，伴着我蹒跚步履的是他的坚定脚步。

希尔维亚第一次跟我讲到斯拉格时，我的脑海中便浮现出他待在我身边的样子。正如我当时想象的一样，就算是在浴室，斯拉格也会待在我的身旁。一天下午，坐在马桶上的我俯下身子，看着蜷缩在我脚边的斯拉格。我用手抚过他鼻子里的黄色绒毛，对他说道："伙计，一点儿隐私也不留给我？"

斯拉格摇着尾巴。

突然，我意识到这个场景似曾相识。在医院度过的童年时光基本上没有隐私可言。很小的时候我便发现，坐在冰冷的便盆上，小便也成了个难题。我一直以为我的困窘显而易见，照顾我的护士理应发觉，但她们似乎从不考虑，只会把冰冷的便盆推到我裸露的屁股下，对我说："好了，现在可以继续尿尿了。"

说完她们会站在旁边，等待，就那么等着我撒尿。我不喜欢在有人的时候上厕所，但我只能闭上双眼想象其他的事情，只有这样温暖的液体才能从我的大腿之间滑落。我告诉自己等医生让我下床时，情况会转好。那时候，我便可以再次使用普通马桶了。

女厕所就在我房间的大厅里。厕所刷着粉色的漆，墙壁，甚至连地砖都是一片粉红。在我10岁的时候，我第一次在术后获准去厕所，在当时的我看来，这里的女厕所是我见过的最美好的地方。虽然马桶前没有门，但有帘子。帘子很长，是燕麦色的，但与周围令人生厌的粉色有点格格不入。不过，我喜欢这些帘子，至少它们似乎保护了我仅有的一点隐私。

由于双腿绑着支架，我上厕所时必须有人帮忙。我的护士叫来另一个女人帮忙，她们把我夹在中间，想方设法把我扶到一个空闲的厕所间，再把我放在马桶上。与其说是坐着，倒不如说是靠在上面，就算如此我也毫不在意。我向我的护士和另一个女人道谢。我微笑着，希望她们明白我的暗示："你们该走了，让我一个人安静地尿尿吧。"

这两个女人成功地把笨重的我放在了合适的地方，她们看起来很高兴。见我微笑，她们也对我露出了笑容，但没明白我的意思。她们就站在狭窄的粉色厕所中间，一直不停地看着我。过了一会儿，我的护士说道："好了，继续吧。"

多年来，连我最私人的时刻都是在医生的观察中度过的，此时此刻，盯着我看的换成了我的狗。他竖着耳朵看着我，脸上流露着关爱，同时还有一丝丝的滑稽。当然，我一点儿也不介意。

在我与斯拉格建立关系的过程中，这种同一性具有实际意义，且必不可少：就像斯拉格陪着我一样，一撮白毛也一直伴随着他。虽然定期刷洗，但是巨型拉布拉多犬的毛发还是飘得到处都是。它们可以在我所谓的“尘土兔子的藏身之地”日积月累。现在，小束的“灰尘小狗”已经占据了房子的每个角落。

细毛还会粘在我的衣服上。深色衬衫上的细毛最为顽固，它们甚至可以戳穿我袜子上的编织线。

这让我学会了在饭前进行快速检查。勺子上有狗毛吗？三明治上面有狗毛吗？水杯边上有吗？虽然我把看到的所有脱离斯拉格的毛都扯掉了，但我还是免不了想象越来越多的狗毛被我吃进嘴里，最后在我的肠道某个偏僻的角落茁壮成长。

斯拉格也很关心他的肠道，但不同于我的是，他感兴趣的是入嘴的食物，而不是应该避免的东西。虽然斯拉格可以享用大多数人类食物（最明显的例子莫过于奶酪），但斯拉格更喜欢酥脆的骨形食物和每天两顿的粗磨狗粮。

在7月一个明亮的早晨，我发现了斯拉格对用餐时间的热情。当时是7点30分，距离他7点45分的早餐时刻已经越来越近了，我正喝着早晨的第一杯咖啡。我伸手拿过电视遥控器，打开了我最喜欢的晨间节目。斯拉格躺在附近的地板上。“早晨总是睡不醒。”我一边懒洋洋地拿着小勺儿搅着咖啡，一边对他嘟哝着。斯拉格不能理解我的苦恼，他眼神明亮，充满了警觉；听到我的声音，他的尾巴在厨房的瓷砖上掠过。

接着电视引起了我的注意。一个充满阳光的节目主持人脸上带着微笑，站在厨房的台面后。在她身旁，一个穿着围裙、皮肤黝黑的家伙正在制作朝鲜蓟和蘑菇馅饼。

我被这种烹饪创意所吸引——精心拉伸的比萨面团，切成薄片的蔬菜，新鲜的百里香，切碎的大蒜和混合的奶酪，这一切都是为比萨所做的准备。厨师开始对着摄像机制作馅饼，他巧妙地把馅儿填在其中，然后把饼折了起来，接着用手指捏齐了边儿。

突然，我的手指感到一阵冰凉潮湿。我本来把双手搭在膝盖上，现在斯拉格正用他的大鼻子撞击我的手。他站在那里，碰了碰我的手，哼了一声，接着又撞了过来。“怎么了，小伙子？”我问道。拉布拉多退后一步，把头倾向右方，带着一脸不耐烦。“嗯？”我问道。

斯拉格一直重复着这个动作，直到我跟着他的目光转过了头。“什么？那边没什么奇怪的。只是洗碗机，一些橱柜，你的……”哈！我的狗的食物碗，地上那空空的食物碗。斯拉格摇着头，用他的金属碗提醒我吃饭时间到了，他的胃也得填满了。

我走过去拿起他的狗粮袋，从里面舀出他的早餐，把水倒进碗里，这一路他一直哼哼着跟着我。“斯拉格，等等。”我吩咐道。口水从他的嘴角淌了下来。他像是鲨鱼一般，凝视着他的饭菜。“好了。”我的话音刚落下，他便把头埋进碗里，迫不及待地咀嚼、啜饮。

斯拉格最新的滑稽动作证实，即使在最基本的层面上，我们的合作也依赖于沟通。斯拉格聪明机智，他似乎明白了这一点，他善于表达自己的需求，只不过我往往不太擅长正确解读。

几周过去了，在一个下雨的午后，我正躺在沙发上放松，斯拉格突然昂首阔步地走过来。他刚啃完生牛皮骨，那是一个朋友“欢迎邻居”的礼物。在我不知情的情况下，斯拉格吃掉了一大堆这种体贴却廉价的馈赠。他把头放在我的腿上。我挠着他的耳后。“嘿，伙计！”我说道。斯拉格晃了晃尾巴，突然间，我发现他脸上带着一种奇怪的表情。斯拉格的嘴唇向两边扯着，我从未见过他这样儿，看起来好像在微笑一般。

我还是太过天真慈悲："这是什么，斯拉格？"

他歪着头，吐了我一腿。"我的天哪！"我一边喊，一边跳了起来，接着把他从前门赶了出去。可怜的斯拉格只能蹒跚地走进院子里，淋着雨，把没消化掉的骨头吐了出来。

我跟着他走到门廊边上，用一条旧毛巾擦掉了我腿上臭气熏人的呕吐物。接着我回到草坪上，和斯拉格站在一起。

我讨厌看到我崇拜的帮手兼同伴生病。抚着他湿漉漉的皮毛，我尽量轻声细语，尽我最大的努力去宽慰他。斯拉格的胃终于不再翻江倒海了，我给他擦干身上的水，接着带他进屋坐在他的身旁，直到我确定危机结束为止。

我发誓我再也不会给他吃一丁点儿便宜的生皮骨。

在他糟糕的经历后，我不确定他是否还怀念那些廉价的生皮骨。不过很快，我发现他在某些方面还是有着明显的犬类倾向。发现这个事实是在一个清晨，我刚起床的时刻。这一切都始于他恶作剧般的哼叫，伴随着他的鼻息，我合不拢的唇绽放出微笑。当时的我并没有意识到这预示着游戏的开始，而这场游戏注定要成为我和斯拉格建立关系的一种仪式。

我半闭着眼睛盯着我的拉布拉多闹钟。斯拉格把他的大脑袋放在我床垫的边缘，两眼充满期待地看着我。我从柔软的床单中伸出一只手，给了他一个早安轻拍：“早啊，伙计！”

我的手指轻轻触碰着斯拉格柔软的脑袋、鼻头，接着又按了按他的三角耳。斯拉格倾斜着身子，愉悦地向前伸着头，我觉得很快我就得见证世界上第一只可以倒立的狗了。突然之间，我的大黄狗发出了一声长长的呻吟。我忍俊不禁：“你从没这么舒服的感觉吧？”

我深深地陷入了和斯拉格的玩笑中，压根儿没意识到接下来发生的事儿。斯拉格往后退了一步，低下了头。这让我困惑不已：“你低着头找什么呢？”

片刻之后，他的头又从床边上露了出来，这时候我才反应过来。尘土和绒毛粘在他的胡须上，像个小杂技演员一般；他的嘴里还叼着一只袜子。前一晚我明明把两只袜子放在床边，现在一只袜子竟然到了斯拉格的嘴里。

显然，斯拉格并不希望被我发现，于是迅速把赃物藏在嘴里，接着一脸甜蜜地看着我。

“别以为我不知道你嘴里藏着什么！”我装出一副严肃的

口吻，“你最好给我那只袜子！”

斯拉格迅速摇着尾巴。他紧紧咬着牙，冲我眨着眼，不肯放弃自己偷来的宝藏。接着他开始从我的床边退开。看着向来忠诚努力的服务犬不断地向卧室门退去，我一脸震惊。

刹那间我才意识到——我目睹了一场抢劫案！“回来，袜子强盗！”

斯拉格无视我的呼喊，转过身，冲着门口跑去，偷来的袜子正在他嘴上剧烈地晃动。我听到他快速冲下走廊，随之传来了一阵轰鸣，恰好表明了他是如何不顾一切地落荒而逃的。

由于我腿脚不便，紧追不舍肯定是不现实的，我只能退居其次——保持冷静。我下了床，努力朝着客厅走去。我本以为找到我重达85磅[①]的狗时他会坚守着我的袜子，但是当我看到斯拉格时，他正躺在沙发旁，用两只爪子把玩着一块经我允许的“合法”香蕉骨头。我朝着他走去，打量着他的周围，说不定他就把赃物藏在肘下或者压在肚子下。我扫视了一圈儿客厅、走廊，一无所有。

斯拉格睁大眼，抬头看着我，他满是崇拜的眼神似乎在说，

---

① 1磅等于0.45千克。——编注

袜子？什么袜子？我根本没看到。他竖起了自己的尾巴。

我才不会买他的账："好吧，袜子先生，你把它放哪儿了？"我命令道。

他冲着我竖起耳朵，伸了个懒腰，接着从地上站了起来。那一刻，我以为他要找回我被盗的袜子。但是斯拉格接着躺在了编织地毯上，大声打了个哈欠。

我把自己想成一名审讯嫌犯的特别调查员："伙计，你应该明白，现在除了和我合作，你没更好的选择了。"为了增强效果，我特意停顿了一下，"别再抵抗了。你要做的就是把我的袜子拿来，把它拿过来，其他什么事儿都没有。"

斯拉格哼了一声。他把注意力转向骨头，开始使劲儿地啃咬。他传递的信息很明确：狗小偷不会在压力下崩溃。

很好，我心里想道。如果斯拉格可以假装对这一切漠不关心，那么我也能做到。我把注意力集中在早餐上，喝了一碗麦片、一杯橙汁，接着把餐具堆放在水槽里。

斯拉格看着我走进房子另一头的书房。我走到书桌旁，弯下身子打开了电脑的电源开关。

一件不同寻常的事儿引起了我的注意。“什么东西？”我喃喃道。我眯着眼，俯下身，看着桌子下面最尽头的角落。

那皱皱巴巴沾满口水的东西正是我的袜子。当我认出它时，我的嘴里倒吸了一口气。听到我的声音，斯拉格疾驰而入。他皱起眉头，一脸质疑。我情不自禁地唱了起来，就像孩子们玩捉迷藏游戏时的胜利者一样。“我找到了袜子！我找到了袜子！”我在斯拉格面前，开心地摇着手指，“哈，我赢了！这意味着你得爬过去，把我的战利品拿过来。快去吧，给我拿过来。”

带着爪子的小偷虽败犹胜。拿袜子的过程中他尽可能地保持着自己的优雅，至少在他的肚子贴着地，嘴里叼着袜子从桌子下向外爬时保持着自己的平衡。他把他的宝贝乖乖地放在我的腿上，然后蹭着我的手，低着头摇着自己的整个背部。

“谢谢你，淘气鬼！”我咯咯笑着。挠着斯拉格的耳朵时，我便在想是什么激发了这个即兴游戏。无论是那天、第二天还是之后的每个清晨，我都没能找到答案。

也许，盗窃袜子不过是斯拉格趣味一天的开始。不过，我们这种怪异的清晨仪式也是意义非凡。在我23岁的那个夏天，我明白就算是袜子，也不能当成理所当然，对自己也不要太高估。

一天清晨，我和斯拉格刚结束抢劫袜子环节，我突然发现自己又上了一课——不过这个教训可谓来之不易。斯拉格刚吃完早饭，他一边盯着我，一边拍着前爪跳来跳去。不过现在，我已经明白了这个信号——我的狗总是以这种方式告诉我他需要方便了。“你要出去？”听我问道，他跳得更快了。他以此肯定自己的回答。

我一打开门放他出去，他便奔向最喜欢的灌木丛撒尿。我从门口看着他走过院子，环顾四周，嗅来嗅去，接着抓紧时间开始方便。好吧，要是斯拉格需要拉屎，我就不催他了。我决定让他待在外面一段时间，这样他就可以在美好的时光里解决个人问题了，不过我可没心情待在这儿看他。

“你真该收拾下厨房了，莉娅！”我脑子里的完美主义者说道。我的麦片碗仍然放在柜台上；一些湿透的脆谷乐还漂浮在剩下的牛奶中，挑剔的我宁可剩下也绝不胡吃海塞。橙色的果粒紧贴着空杯的边缘，桌子上撒着许多吐司面包屑，好像韩塞尔和格蕾特清晨顺道拜访了一番。

“我很快就会回来。”我对斯拉格喊道。他仍旧在院子尽头嗅来嗅去，听到我的声音，他回头看了一眼。我光着脚踩在瓷砖上，匆匆走进厨房。我先收起脏盘子，接着在水槽里放满温肥皂水，然后将盘子放进去。我清理了餐桌和案板，又将餐具洗干净擦干，最后摆放整齐。家务活不难，我觉得自己干起活来也算得上麻利，但是当我打开门，让斯拉格回来时，我发现他不见了。

我环视了一圈儿院子，甚至连门廊和车道的尽头都看了一遍，斯拉格也不在。

“真是掉链子。”我拖着自己无力的脚，懊恼地走到门廊边上，大声呼喊，“斯拉格，快过来！该回屋里了，斯拉格！斯拉格！”我希望他顺从地奔到我的身边，听到他身上晃动发出的摩擦声。可是当我喊完，除了夏虫，便不再有其他的回应。

太古怪了。他一般会好好地待在院子里，每次听我喊他，他便会疾驰而来。我回到屋子里，顺手拿了双网球鞋。我迅速穿上鞋，走到后门，更大声、更急切地呼喊他。我在院子里慢慢地跋涉，眼睛仔细盯着树丛草坪，试图在满眼的绿色中找到那一抹黄。依然没有。

我的脑海中突然涌现出一阵恐慌。怎么了？他到底在哪儿？我走到前廊，趴在摇椅上。我想或许我应该坐一会儿，喘口气，等着斯拉格出现。这似乎是个合理的方式，但我还是焦虑不安。我抓起车钥匙，朝着门外走去。

我慢慢开车穿梭在山间的路上，只要经过小屋，我都会把头伸出窗外大喊斯拉格的名字。我脑海里的声音一路上都在尖叫："你在想什么？你应该看着他，白痴！"我搞砸了。现在，几周来和我如影随形的狗不见了。"该死！"我大声叫喊着。

也许是斯拉格灵敏的耳朵捕捉到了我疯狂的呼喊声或是汽车熟悉的引擎声；或者是我在野外寻找他时，他也觉得是时候该回家了，我也不清楚是什么让他回来的，但是当我把车停在车道时，他就站在那儿，摇着尾巴喘气。当我看着他棕色的脸上露着傻笑时，眼泪顺着我的脸淌了下来。

等一下！ 斯拉格应该是黄色的拉布拉多犬。棕色的脸？"这是怎么了？"我喊道。我从车上跳下来，跌跌撞撞地走向他，这才意识到不只是他的头，他基本上全身都是棕色的。我脑袋里刚要闪过一个俏皮的小笑话，为巧克力色的拉布拉多赋予人性，但是一阵恶臭让我的幽默感戛然而止。我心爱的狗像是刚从下水道里爬出来，浑身散发着臭气。

我抚着前额，这才搞明白整个故事。臭烘烘的斯拉格穿过了我和邻居院子之间的树丛，跑到隔壁农场去了。农场里有个带池子的大牛棚，里面养着一大群牛。斯拉格浑身上下都是恶心人的湿泥巴，我一看便知：他一定是看到牛粪、淤泥和漂着渣儿的池塘水便进去打滚了，这可是他以前喜欢的游戏。

为了避开恶臭，我屏住呼吸才蹑手蹑脚地走近。斯拉格欣喜地向我走来。他靠在我的腿上，向后仰着头。他眨着眼，舌头从嘴里伸出来。他亲自演绎了一番犬类开心放纵的样子。

现在，我的腿上粘着令人作呕的污泥，使得我无法分享他那顽皮的热情。清晨剩下的那股子惊慌和愤怒突然在我体内膨胀，加上我的释怀，一并形成了一个奇异的情感万花筒。一半的我想要掐死斯拉格，一半的我想要拥抱着他，永不放手。

幸运的是，理智占了上风，我既没掐死他，也没拥抱他。恰恰相反，我走到小屋旁，捡起了给花园浇水的水管。“来吧，你这个小粪便。”我对斯拉格说道，“我不会再让你离开我的视线了！”

我用水冲掉了他毛上最上层的污垢，接着给他抹上大量的香波，仔仔细细给他清洗了三遍，他那种傲立于世界的风度消失了。清洗的过程中，他没有反抗，也没试着逃走，而是一直低着头，耷拉着耳朵。

他肯定觉得早洗完，早解脱。“对不起，伙计。”说着，我又给他洗了第四次，也是最后一次，“不过这就是你乱跑、在粪便里嬉戏的代价！”

斯拉格一脸幽怨，湿漉漉的皮毛贴在他的身上，曾经受人尊敬的服务犬现在看起来和只溺水的老鼠一样。不过，一块干毛巾包裹着他的身体，也提振了他的情绪。

虽然他讨厌洗澡，可他很是享受擦干的过程。我拿着毛巾给他擦腿和肚子时，他开心地咕哝着。当我给他擦拭背部时，他开心地摇着尾巴。看他那么激动，我都怀疑他是如何保持站姿的。

我的后背也得休息一下了。我一直弯着腰清理斯拉格，感觉好像过了无数个年代。我小心翼翼地慢慢站直身子。“我的脊椎需要放松放松了。”说着，我甩着他的毛巾，把水珠和狗毛给甩下来。也许是飞舞的毛巾让他灵光一现，他突然冲出了门廊，斜着身子站在院子边上，夹紧尾巴抬高了屁股，三次加足马力后，他像斗牛中的公牛一样，朝着毛巾冲了过来。

“哈！”我大笑起来，“洗完澡你就想玩斗牛了？我是爱你，但你休想得寸进尺！”

夏天即将落幕，秋天正在来临，我心爱的狗又投身到了一个意想不到的方向上。那是8月的一个清晨，我正躺在前廊的吊床上一边放松，一边看着斯拉格拍着爪子在四周嬉戏。

这天的开始和那个夏天的大多数早晨一样，他沿着院子边儿走着，鼻子在地上嗅来嗅去，就像是个拉布拉多侦探一样，仔细检查着草坪和森林交界处的每一寸土地。

不过，今早斯拉格散步回来的时候要比往常晚一点儿。“斯拉格，今天怎么出去那么久？”当他跑到门廊时，我问道。我走过去拍了拍他，这时我才发现他好像带着什么东西。我以为他找到了一根非凡的手杖，或是一个长期被遗忘的网球。我都没猜对。斯拉格口中含着的是一只乌龟！

为了安全，乌龟缩在脏兮兮的壳中。它肯定巴不得斯拉格快点失去玩弄它的兴趣。对斯拉格来说，他肯定觉得自己的最新发现是个稀有的宝贝，当然事实也的确如此。他眼里放着光，开心地摇着尾巴，连带着整个身子都在欢喜地舞动。看着他兴奋不已的样子，我开怀大笑。对他接下来的反应，我自然是充满了好奇。

在门廊上转了三圈后，斯拉格蹲在了我的身旁。他用前爪抓着满是泥巴的乌龟。我已经准备好，一旦他咬乌龟那坚硬的外壳，我就会制止。其实我的焦虑完全是多余的。我那挑剔的狗小心地抓着乌龟，开始舔着满是泥的龟壳。

舔着舔着，空气中充满一阵畅快的啜食声。直到龟壳闪闪放光，斯拉格才停了下来。他的打扫工作显然是结束了，这时我的狗伸直了身子，在乌龟旁边睡着了。直到我喊他进屋，他才从地上起来。

好不容易得到了自由，斯拉格背壳子的小伙伴慢慢移到了门廊下。到了晚上，乌龟便无迹可寻了。我以为再也见不到它了，但事实证明，我又一次猜错了。

就在第二天早晨，当斯拉格从他的日常散步中回来时，他的嘴里依旧叼着同一只小乌龟。跟前一天一样，他用爪子抓着乌龟，放在了门廊上，当斯拉格再一次给它清理龟壳时，那胆小的生物死死地藏在自己的壳子里。

让人大吃一惊的是，到我和斯拉格前往研究生学院，这个举动一直保持了近两周的时间。

当我们离开那座平静的房子，离开蓝岭时，我们也同那只小乌龟道了别，也许我们离开的几个星期里，它身上会一直有股狗的口水味。不过，我和斯拉格一同度过的第一个夏天，让我茅塞顿开，对生活的真正意义和真正的爱有了永恒的解读。接下来，他对我的启发更会源源不断。

第八章　校园中的大狗

在研究生院里，斯拉格在我的生活中又扮演了一个不同的角色。这只多才多艺的狗既是我的助手、伙伴，我独有的喜剧演员，也是我的大学室友。当我们二人踏进我们的家外之家时，我们四周凑过来很多新的邻居。

当我向宿舍楼的室友们问好时，斯拉格正忙着展示自己的魅力，好迷住这楼里每一个爱狗的女孩。他以迷人的目光、最具魅力的摇尾巴回应了每一句甜蜜的问候，这是他最迷人的摇摆。当我收拾好自己的物品时，我的拉布拉多似乎都有了自己的粉丝俱乐部。

在当晚的见面会上，那些潜在的俱乐部成员对着斯拉格咯咯地说话，还时不时地惊叹道：“天哪，太漂亮了！你们见过这么漂亮的眼睛吗？看他的行为举止多有礼貌啊！”斯拉格的粉丝团正飞速地扩张，我不能谴责室友们对斯拉格的喜爱，看到她们的反应我感到欣喜自豪。

看着满屋子充满好奇的面孔，轮到我正式自我介绍时，我的话语中充满了信心：“我叫莉娅，有幸拥有这世上最棒的室友，也就是我的服务犬——斯拉格。”他坐在我旁边，我伸出手拍了拍他的头，接着吐露了我一直在捍卫的真相，“我得了脑瘫。斯拉格经过专门培训，可以帮我完成我自己无法完成的任务。他会在我走路时，帮我保持平衡，带着我的财物。他还会为我开灯、关灯，帮我捡起掉在地上的东西。如有需要，斯拉格也会帮我跟别人递取物品。”

要不是人群中爆发出一阵惊呼，我本会进一步阐述斯拉格的能力。

“所以你是说你可以告诉你的狗，让他从我这儿把东西拿给你？你拿我们当傻瓜吗？”一个穿着格子花呢 T 恤的女孩向我抛过来这个问题，看她脸上洋溢的笑容，好像我刚讲了一个好笑的笑话一样。

我冲她笑着说："不，我不是在开玩笑。"

"那试试'这个'如何？"她扬了扬手里的紫色钥匙链。

"没问题。如果你把钥匙链放到斯拉格可以够到的高度上，我就让他给我拿过来。"

她把钥匙链放到手心里，接着伸出了手。我提醒了一下斯拉格，指着钥匙链说：

"斯拉格，把它拿过来！"

他似乎急于展示自己的能力，径直奔了过去，用嘴小心含住钥匙链，接着回到我的身边。在我的命令下，他把钥匙链放到了我的大腿上。

"小伙子，做得不错！"我赞扬了他，给了他一块奶酪作为奖励，接着让他重新趴在地上。我用衣角擦掉了钥匙链上的口水，接着把它举起来。"看到了吧？"不过现在，我的声音已经淹没在雷鸣般的掌声之中。

斯拉格在见面会上的热切帮忙为他赢来了赞扬。更重要的是，为他赢得了所有室友的尊重。在斯拉格无须工作时，朋友们会常常过来看望这只善于社交的拉布拉多。

无论是课间还是休息时，他们总会寻求斯拉格的帮忙。不过，我的邻居们都明白，斯拉格不仅仅是个讨人喜欢的伙伴。在他穿上工作服工作时，他们都学会了去抑制自己与他的接触。

看到他外套上的“请勿触碰”几个字，就连他最热情的崇拜者也会停下他们友好的手指。

我和斯拉格的感情在麦迪逊大学日益加深。我们之间的纽带重新构建了一些寻常的时刻。有了他的陪伴，去往不同的地方要比我之前想象中简单得多。“你愿意和我一起吃晚餐吗？”一天晚上，当我把牵绳扣在他衣领上时我问他。

像工作状态一样，斯拉格摇起了尾巴。我们一起走出了宿舍，穿过了校园。

这一路走来，步履蹒跚的我可谓波折不断。当我发觉自己面前就是陡峭的水泥阶梯时，我的手心里开始冒汗。这条蜿蜒的路指向的是我最喜欢的校园餐厅 Mr. Jazzy's，走到这儿我不禁想起了自己在这样的阶梯上狠狠摔过的跟头。

小时候，我最喜欢的事儿就是躲在地下室里。我会在凉爽的地板上堆放枕头和毛绒动物，把自己想象成正在上演的戏剧的女主角，我把这部剧称为《坐垫上的小屋》。

我会穿着妈妈的旧睡衣。我非常喜欢睡衣的质感，享受着走动时睡衣跳跃的荷叶边儿和闪光的面料。我会光着脚踩着锃亮的高跟鞋，由于高跟鞋太大，我得使劲儿向前顶着脚趾，这样鞋才不会掉下来。

我会一边在地下室徘徊，一边练习精致的微笑，还会不停地和我想象的玩伴——杰夫和佩琦——说话。

我尽职的妈妈会在楼上提醒我，脱鞋的时间到了。我的医生告诉她，高跟鞋会让我腿脚的问题恶化，所以我每天只有几分钟去享受高跟鞋的优雅。“啊，杰夫！啊，佩琦！”我会向我假想的朋友高呼，“我真不想脱掉这么可爱的高跟鞋。我好想永远穿着它。”

有一天，我突然灵光一闪，便朝着木楼梯跑过去。大人们提醒我不要独自爬楼梯，但是我心意已决。如果我可以穿着高跟鞋上楼，那么妈妈或许会意识到，它们对我根本不会产生任何副作用。我放低身子保持平衡，开始一步步地往上爬，高高的鞋跟在我的脚下晃动，鞋底的光滑让我觉得好像在冰上行走一般。不过，我必须爬上去。我一点点地前进，内心祈祷着自己可以一步一步地爬上去。

最后，我看到厨房地板上那条铺了很久的白色油毡在我面前伸展开来。眼看就要成功了。我得让自己看起来好像是迫不及待地上楼，看看午餐吃什么的样子，所以我摸着墙，挣扎着站直身子。站直后，为了保持平衡，我下意识地往后退了一步，不过我的脚踩空了。

我的身体向后倒了下去，当我的身体撞到台阶时，我咬伤了自己的舌头。我瞥见了手臂和腿以怪异的角度缠在一起，听着我的头骨反复撞击台阶的声音，最后我的脸终于感受到了地下室地板的冰凉。我的眼前突然一黑，接着便失去了意识。

一想到这次可怕的坠梯经历，我便会心跳加快。不过现在，斯拉格好像感受到了我的恐惧一样，离我更近了一步，好让我的步伐更稳定。我的脸上露出了笑容："你太贴心了！"听到我的赞美，斯拉格的尾巴摇得更快了——比起工作时的稳定摇摆，此刻又加上了快乐的律动。

他抬起头看着我，棕色的眼睛里闪着一个确定而简单的信息："抓紧。"

我放下了自己的恐惧，抓着他牵绳上的把手，开始向下迈出了第一步。斯拉格静静地站着，支撑着我继续往下走了一层，听到我说“好”，他才跟着我下来。我们俩就这么一步一步地走下了楼梯，虽然很慢，但每一步都很稳当。

空气中弥漫着汉堡的味道，这时，一个红发女孩匆匆出现在 Mr.Jazzy's 的门口。她抬起头，笑着说：“很酷！”

我走到人行道上，冲她点点头：“谢谢！这都是团队合作的功劳！”

每当斯拉格和我在学校分散的建筑之间穿梭时，我不再步履蹒跚而是稳步前进，正源于这种团队合作。每次走进那些建筑，他的爪子都会在铺着瓷砖的走廊上敲着让人安心的节奏。

曾经，这些光滑闪亮的地板对我来说是种风险，现在当我握着他的牵绳时，我既安全又独立。他不仅带给我这种内心的安定，更激发了我外部的改变。无论是穿过熙攘的走廊还是拥挤的教室，我都会昂首挺胸。

“你看起来很开心！”看着我和斯拉格坐在连排桌子后面，准备迎接晚上7点的家庭体系课时，我的朋友肖恩对我说道。

“是啊，”我笑着回答，“我还能说什么？夜课总是让我欣喜不断。”

“我能理解，”肖恩回应着我，“想想那些不幸的人，他们今晚只能待在家里，除了躺在沙发上看电视，其他什么也做不了。”接着，他的目光瞥向了斯拉格，斯拉格正把脑袋搭在我的脚上，趴在我的桌子旁休息。“好吧，至少我们可以休息，对吧，小伙子？”斯拉格挑起了一边的眉头。他慢悠悠地晃了晃尾巴表示认同。

“他的头太沉了，我的脚都快睡着了！”我大声说道。

就在这时，老师闯进了教室，她抱着的大量纸张和书，看起来在她的怀里摇摇欲坠。肖恩靠向我，低声说道：“就算睡着的只是你的脚，那你也是走了大运。今晚看起来非常漫长！”当我打开活页夹开始记笔记时，我突然觉得我的朋友很有先见之明。

一个半小时后我们才迎来了课间休息，我觉得我的眼皮已经沉得抬不起来了。我努力睁着眼，走到了最近的自动售卖机前。我投了一把硬币，按下了一个红色的按钮，接着一瓶咖啡滚到了我脚边的槽口处。啊，咖啡因！我把手指放在冰凉的金属罐上，还好其中那甜蜜、丝滑的液体让我撑过余下的夜晚。

当我喝完饮料继续做笔记时，斯拉格正蜷缩在我的脚边。我知道，很快他就要在梦中向桑德曼求婚了。我不能埋怨他。这个夜晚似乎漫长得没有尽头，墙上的普通挂钟似乎也在一分一分地迈不开步子。

到了课程的最后半个小时，空气中弥漫的全是沉重的氛围，就像伦敦雾般沉重。我们每个人都睡眼惺忪，只能竭尽全力保持专注。但对斯拉格而言，聚精会神太难了。在教授单调声音的催眠下，斯拉格睡着了——全然进入了深度睡眠。随着斯拉格进入梦乡，他的嘴唇微微地张开，爪子也时不时抽一下。接着，一阵声音，一阵铿锵有力的轰隆声喷涌而出，盖过了教授的声音，将书写的唰唰声也淹没在其中。

突然间，像有谁按下了暂停键一样，屋里的一切都静止不动。笔停了下来。教授不再讲课。接着她盯着我，眼里怒火燃烧。

“抱歉，我想我还是把我的狗叫起来吧。”说着，我便弯下身子，推了推斯拉格。

“哦！”教授脸上的愤怒一扫而去，取而代之的是不安的困惑。时间仿佛停止，她就那么安静地站在那儿，最后叹了口气，疲惫的脸上挤出了一个浅浅的微笑：“我觉得我能理解这个暗示。”环视了一圈儿教室，看着昏昏欲睡的学生，她接着说道，“理论上我们的课还有二十分钟才结束，但是你们也听到狗的呼噜声了。那我们就说声晚安吧。”

几分钟后，我们涌入了大厅，朝着教学楼厚重的玻璃门跑了过去。“有斯拉格和我们一起上课实在是太棒了！”肖恩说。就像我其他的朋友和同学一样，肖恩对斯拉格也是既喜爱又尊重。

不过很快我就发现，并不是所有人都会如此看重斯拉格和我们的伙伴关系。

有一天，我和斯拉格正在校园的邮局，突然一个陌生人问道：“小狗，要不要来一口？”他拿着一片儿油腻的土豆片，在斯拉格的胡须上方晃来晃去。

出于本能，我伸出手挡在斯拉格的嘴巴前，从而抵挡薯片的诱惑。“请您不要干扰他。他正在工作。”

拿薯片的人脖子上戴着一条华丽的珠宝项链，项链上有个字母 M，当他大笑的时候，字母就在那沉重的黄金链儿上摇摆。“是啊，看起来他工作得很辛苦啊。”他推了推身旁站着的瘦高个儿，话语中透露着挖苦讽刺，“你看那狗是不是就站在那儿？”

“对啊，没错。”项链男的朋友似乎也不太确定，看起来还有点儿不舒服。他把身子的重心换到另一条腿上，接着用他时髦的运动鞋在瓷砖上碾了碾，鞋子在地板上摩擦发出了一阵尖锐的响声。“过来，伙计，我渴了。”说罢，他朝着最近的自动售卖机走去。

项链男将最后一片儿薯片扔进嘴里。“好吧，”他低头看着斯拉格说，“工作吧，我的小屁狗。”说完，他便慢慢地走到朋友身边。

我正等着邮政人员给我拿一些邮票过来，这时我的耳朵捕捉到了一阵熟悉的声音。

“还在说狗在工作吗？”项链男懒洋洋地靠在附近的一把椅子上，我瞪着他，他冷笑道，“我敢打赌，我可以改变它。”他把手伸进橙色的袋子，从里面拿出一个网球，让它从他的指间滑落。

斯拉格的耳朵竖了起来；网球在地上弹来弹去，他的头也跟着球轻轻地晃着。项链男放声大笑。最后，他抓住了荧光黄的网球。“这是你想要的吗？你喜欢这个吗，小伙子？嗯？”他带着嘲弄的语气，慢慢地在空中挥舞着网球。

“斯拉格，别理他，”我说道，“坐下。”斯拉格抬头看着我，咂了一下嘴，服从了我的指令。我转身直直地看着项链男，以平静而严厉的声音命令道：“别再干扰我的狗，浑蛋！”

“那好吧！”项链男回击道。突然，他蹲了下来，手里的网球朝着斯拉格的方向滚了过来。看着滚过来的网球，斯拉格睁大了眼睛，虽然网球旋转着从他的前爪擦了过去，但他并没有动。最后，裹着毛毡的网球碰到邮政人员的鞋，停在了他的脚边。

邮政人员个子很高，这个脸上一直挂着微笑的男人常常会帮助我，他从邮局柜台后面走了出来，把我需要的邮票递了过来。“你要的邮票。”他说道，接着，他捡起了网球，用手掌拍掉了上面的尘土，递给了我，“你的搭档工作这么辛苦，这是他应得的！”

“当然了！”我把网球装进斯拉格的背包里，带着胜利的微笑看着项链男。他得意的笑容已经一扫而光，过了一会儿，他更笑不出来了。我就那么抱着一本邮票，牵着我专注的服务犬，拿着他应得的网球，一路微笑着回到了宿舍。

那晚，当我看着斯拉格咬他的新宠时，我意识到这个特别的朋友在帮我走路的同时，也让我站了起来。慢慢地，我学会了坚定地站起来，为了他，为了我们的友谊，甚至为了我自己而站。

第九章　当猪飞起时

“你的狗喜欢椒盐脆饼吗？”

一天下午，在我和斯拉格下课回家的路上，一个问题挡住了我们前行的脚步。一个我从未见过的人啃着一根小吃棒，站在我们面前微笑着看着我。我先是感谢了他的慷慨，接着跟他解释我的工作搭档是禁止吃人类的食品的。

“好吧，那你想来一块椒盐脆饼吗？”他问道。我并不饿，但这个英俊的陌生人引起了我的兴趣，所以我接受了他的提议。我们两个开始聊天，吃了一些椒盐脆饼之后，我才知道我的新朋友叫普拉诺夫。他是来自印度的国际研究生，目前正在攻读计算机科学硕士学位。

在第一次短暂会面后的几天里，每当我出去，我都会四处寻找普拉诺夫。令我高兴的是，我发现他在心理学系做研究生助理。

他的任务是确保系里所有的电脑可以顺利运行。我经常发现他在计算机实验室里修理机器或是在心理学教授的办公室里穿梭。

当看到我和斯拉格时，他笑着说："嗨，莉娅！嗨，斯拉格！"普拉诺夫柔和的声音和他打招呼时的热情让我的心跳漏了一拍。

虽然我们两人的背景明显不同，但我们很快意识到我们有着类似的经历。一天下午，当我们坐下来谈话时，普拉诺夫凝视着斯拉格。"这狗太不可思议了。"他说道，他停顿了一会儿，深思了一下说，"我的祖父肯定也会爱他。"

我的朋友告诉我他的祖父——一个精明的商人——在印度建立了自己的汽水公司，虽然他上学不多，但是他会全身心地投入他所热爱的事业之中，这种执着弥补了他常识的欠缺。听着他祖父的故事，我瞠目结舌。

普拉诺夫祖父钟爱的事物很多，其中包括两只大型的阿尔萨斯狗，一只叫帕奇，一只叫罗威。普拉诺夫说："目睹了祖父和动物相处的方式，儿时的我便学会了对动物的尊重与爱。”听到这儿，我脸上露出了笑容。他的话也让我想到了我自己的祖父，我点了点头。

正是如此，在我们几天之后的第一次“正式”约会中，斯拉格扮演了一个举足轻重的角色。我和普拉诺夫没有计划看电影或是约在一间悠闲的咖啡馆，我们俩约定我夜课结束后在校园里见面。我们说好带上网球，解开斯拉格的牵绳，一起享受传统的拾球游戏。

普拉诺夫表示，他一直期待着在正常的狗模式下和我、和斯拉格共度时光。尽管如此，到了我们约定的那一晚，当我在课前站在镜子前精心打扮自己时，我的内心还是小鹿乱撞。这种感觉很熟悉，特别是在约会时尤为明显。每次有男孩被我吸引，我都会感到紧张不安。

高中时的一晚，为了努力保持镇定，我一直盯着父母的床头灯散发出的平静的光线。不过，旁边床头柜上的电话一直牵引着我的注意力。我轻轻地引导自己，如果你想邀请韦德参加萨迪·霍金斯的舞会，你就得给他打电话。

一想到萨迪·霍金斯舞会，我便禁不住微笑。这场舞会最初是为了莱尔·艾布纳而办，正是因为她父亲组织了一场竞走比赛，这样她和其他的单身女孩就可以追逐多帕奇市的单身汉了。参加比赛的单身女孩可以和自己追上的男人结婚。我禁不住去想，在竞走比赛中抓个伴侣，这是一种怎样的体验？如果今天的男女也得以这样的方式结婚，那么可就惨了。男孩，还好我们可以用电话！

想到这点，我拿起米色的电话听筒，把手伸进电话旋转拨号盘上，普拉诺夫在我的脑海里浮现出来。虽然他不是肌肉健硕的帅哥，但吸引我的是他孩子气的面庞。

普拉诺夫和我有许多同样的课，我可以有很多时间和他待在一起。在第三堂微积分课上，他便展示出自己迅速得出正确答案的能力了，还有英国文学课上赏析《麦克白》时，他幽默的点评让我更加坚信他是个幽默聪明的人。

普拉诺夫是我喜欢的那种男孩，可我不知道我是不是他喜欢的那种女孩。听着话筒里传来的电话提示声，我屏住了呼吸。

“你好？”电话里传来了一个女声。这应该是他的妈妈，我努力调整自己的声音，尽量让自己的声音听起来自然又得体：“你好。请问普拉诺夫在吗？”

"在，等一会儿，我去叫他。"我听到她把听筒放下，接着便听不到其他的声音了。我很好奇他们说了什么，但我只能用手指缠着塑料电话线上一个又一个的圈儿，紧张不安地等待着。

"嘿，我是普拉诺夫。"

突然间，我觉得自己就像是坐在过山车上的小孩一样，随着过山车即将翻越第一座大山，紧张又激动。"你好，普拉诺夫，我是莉娅。近来如何？"我脑子里的声音一直在念叨，尽量让自己的声音听起来酷一点儿。

"不错，"普拉诺夫说道，"什么事儿？"

就在一瞬间，我突然想临阵退缩，可以告诉他自己只是打电话问好，或是向他请教微积分作业的问题。但是这时，在欲望和勇气的推动下，我勇往直前地说："你知道最近的萨迪·霍金斯舞会吗，不知你愿不愿意和我一起去？"

电话里一阵停顿——很长时间的停顿，我觉得血液都涌到了脸上。还好，普拉诺夫看不到我涨得通红的脸。

最后，他说："其实特蕾莎已经问过我了。"他清了清嗓子，接着说道，"但是谢谢你想着我。"

我假装毫不在意，心里只想着快点儿结束通话："嗯，没关系，我就是一说。那我不打扰了，你继续享受自己的夜晚吧。"

"好，明天见。还是谢谢你。"

"好。"说罢，我便挂断了电话。

我关上灯，趴在父母的床上，幸好现在只有我一人。为了让失望和尴尬一扫而去，我轻声对自己说谎："没关系。"但是躺在黑暗中，我与普拉诺夫的对话依旧在脑海萦绕，其中夹杂着一个苛刻和熟悉的信息，从我第一次戴上文胸以来，这个信息一直萦绕在我的耳边。多年来，这些字眼在我脑海中不断地浮现，像一个糟糕的录音，在不断地调高音量："没有人想和跛子在一起。"

现在，我拿着眼影棒扫了一下灰蓝色的眼影粉，接着向镜子前倾着身子，我的喘息在镜面上留下了一层温暖的云彩。虽然我没经历过太多传统的约会场景，但今晚，我决定将儿时那些"有关不健康"的忠告抛于脑后。"那简直就是胡说八道！"我给自己打着气，说着便将过去那些建议从我的思绪中清除，用眼影棒把眼影涂在我的眼睑上。

斯拉格站在我身后的门口。当我转过身，弯下腰时，我夸张地眨了眨眼："你觉得我的眼影怎么样？"

他热情地用尾巴敲着门，以此肯定我的装扮。"我也觉得不错。"我开心地说着。那天晚上，当我坐在漫长而乏味的课堂上时，我眨着眼睛，闪了闪淡蓝色的眼睑，除了在课堂结束时我会看到的那个朋友，我还想到了一点。

我的计划里只有一个问题。虽然我答应在晚上的娱乐活动中带上一个网球，但我一直没能在房间中找到。我别无选择，只能用斯拉格最喜欢的毛绒玩具作为代替品。

见到普拉诺夫时，我从斯拉格的背包中拿出了那头柔软的紫红色的猪。其实我很担心我们的约会会无疾而终。普拉诺夫不禁皱起眉头，他肯定在诧异，哟，什么鬼！但他嘴上还是问道："嗯，这是什么？"

"这是一头猪！你看！"我把皱巴巴的玩具抱向他，用猪鼻子拱了他一下，"上课前我实在是找不到网球了，不过我觉得斯拉格可以捡这个。"

普拉诺夫犹豫地点点头，但斯拉格的反应可是兴奋不已，他的眼神里带着强烈的野性和凝视，似乎穿透了小猪。

"坚持下去，狂暴的野兽！"我解开了斯拉格的绳索，从他的脖子上把绳索取了下来，“是不是准备好捡东西了？”我的拉布拉多发出了一声巨大的咆哮，他白色的皮毛像吹雪一般，在他的周围舞动。

“这就是他不工作时的样子？”普拉诺夫说道。他蹲下身子，伸出手拍了拍宠物斯拉格。斯拉格正疯狂兴奋地旋转着。显然，有了新朋友，不工作时的他很兴奋。斯拉格迅速用鼻子蹭了蹭我约会对象的手。

“是啊，他毕竟是只狗。”我说，“需要面巾纸吗？”

“没关系。”普拉诺夫在牛仔裤上蹭了蹭手指。斯拉格接下来的举动似乎验证了我的说法，他瞅准时机嗅了嗅普拉诺夫的裤裆。

“他总会抓住时机，告诉大家自己是只狗。”我笑着说。

普拉诺夫给了我一个善意的微笑。“我注意到了。”他开玩笑地捶打着斯拉格的脑袋。

“运动时间到了！”我在空中挥舞着猪，我的狗蹬起后腿跳了起来。他身上的每一个细胞都想要那个玩具。我扔出它的那一刻，斯拉格便冲过了草地。

"哇！"普拉诺夫惊呼道，"一般都是看到狗狗和你平静地走路，但他竟然可以冲刺！"

我点了点头。当斯拉格跳起来的时候，我抓住他湿透的玩具的一角，猛地拉了一下。"把它给我！"我叫道。他躬下前半身，嘴巴却紧紧咬住猪尾巴，嘴里不停地咆哮着，就这样不停地和我来回拉扯。最后，我的手臂疲惫不堪，只得败下阵来，只能保持着伸手的姿势，用我一贯的嗓音说道："斯拉格，给我。"斯拉格的眼里写满了疯狂，显然他还不愿结束我们的拉锯战，只是紧紧咬住他的玩具。"给我。"我更为坚定地重复道。

斯拉格终于放弃了他的玩具，准备好迎接下一轮投掷。我试着把玩具投得远一点儿，但这一次，虽然我有想法，但我的手指却没能控制住玩具，玩具猪在空中飘了一小会儿，很快就落在了几英尺之外的地上。"有时候，我扔得真是太糟了。"我告诉普拉诺夫。

"没关系，你的狗似乎并不介意。"他边说着，边向我走了过来，"你们两个互动的方式，真是太神奇了。"

"谢谢！要不要扔扔试试？"我从斯拉格那儿拿走了脏兮兮的玩具，把它传给了普拉诺夫。

“当然了。”他把它远远地扔过草坪。

我惊讶地夸赞：“哇，这才是我所谓的强力投掷！”

普拉诺夫咧嘴一笑：“我在高中练过镖枪。”

难怪猪在飞！斯拉格快乐地追赶飞猪，几步就把空中的玩具抓住了。他喘着粗气，跑回到普拉诺夫脚下。他脸上那明亮的表情似乎在说：“再来一次！”

既然这样，我们便又扔了一遍。普拉诺夫和我轮流投掷满是口水的猪。看着斯拉格在空荡的草坪上跑来跑去，我们俩边说边笑。当高耸的路灯将灯光洒到草地上时，我的猎犬已经疲惫不堪。我把牵绳拴在他的脖链上，拍了拍他的头：“这次的捡拾游戏不错吧！”

普拉诺夫瞥了一眼我的手：“你冷吗？你的手指看起来有点冷。”

说实话，最后一小时我一直觉得很冷，但我对新朋友的迷恋，让我忽略了这种感觉。“是的，我有点冷。”我现在说。

普拉诺夫微笑着用他的双手捧起我的右手：“好点了吗？”

“好多了，谢谢。”

我不清楚，他是否知道这种温柔的姿态温暖了我的心脏和手指——回宿舍的路上，他一直紧握着我的手。斯拉格在我的一侧，普拉诺夫在另一侧，我顿感满足，同时觉得一阵晕眩，这的确是种奇妙的感觉。不过我喜欢。

走到宿舍楼门口时，我邀请道:“我自己有个小房间，如果你愿意的话，欢迎你来我屋里洗洗手。”

“简直太好了，我手上都是哈喇子。”普拉诺夫跟着我走到大厅，我把他带到了我舒适的房间。其实我的洗手间需要收拾收拾，不过我还是径直把他带了过去，内心祈祷着他不会注意到里面乱糟糟的一片。对斯拉格而言，客人的到来意味着他有机会展示自己喜欢的东西了。当普拉诺夫洗手时，斯拉格组织了一场游行，游行队伍里包括一只毛绒青蛙，我的一只黑色礼服鞋，还有两个我之前在哪里都找不到的网球。

“你这只爱表现的狗！”笑着，我捡起他的宝贝，把它们拿到了一边。接着，我关上了橱门，把玩具锁在了里面。斯拉格有个习惯，他喜欢把头拱进脏衣篮里嗅来嗅去。他总会从里面拽出我的内衣，我可不想在和普拉诺夫的第一次约会上，就让他看着斯拉格叼着我的“维秘”展示。

“你怎么舒服怎么来。”看到他从洗手间出来，我对他说道。普拉诺夫微笑着坐在我的沙发床上，我则匆匆走向水槽，擦干了手上的水。接着，我从小冰箱顶上抓起一袋金鱼饼干，走回去坐在普拉诺夫旁，把饼干递到他面前：“要不要来点儿点心？”

不过刹那间，在我和普拉诺夫之间的不再只是金鱼饼干。斯拉格跳到了床上，迅速坐在我们俩中间。通常来说，他只能在邀请下才被准许坐到家具上，但是他现在已然自任命为我们俩的犬伴侣。我能想象，他就像薪水不多的老师一样，监督着学校的舞蹈队：“好了，现在你们俩都听着，你们之间务必每时每刻保持着至少容纳一只狗的距离！”

这个场景很有趣，我可以理解他的举动。虽然他没有经历过保护我的训练，但是他极为认真地接受了我们的合作关系，严肃地承担了他在其中的角色。我经常让我的脑瘫医生、牙医、理发师——任何与我有密切身体接触的人——在我第一次拜见时向斯拉格问好。

我很高兴，他们这些人可以把这种要求当成一种享受。不过，我最担心的还是我的狗，我希望他意识到当专业人士为我服务时，他无须为我担心。

现在，我觉得让他放心至关重要。工作时，斯拉格对普拉诺夫已经习以为常。我们晚上的捡拾游戏也满是积极的乐趣。我觉得，我和普拉诺夫聊天时可以让斯拉格跟我们一起出去，这样他应该会觉得更舒服。想到这儿，我和普拉诺夫一边坐着聊天，一起吃着金鱼饼干，一边拍着斯拉格。

普拉诺夫突然将一块饼干塞进了斯拉格的嘴里。斯拉格吞了下去，接着他直接坐起来，盯着他的“恩人”，他脸上鲨鱼般贪婪的样子通常是看着晚餐碗才会有的表情。他还想吃！口水从他的下巴滴了下来。

由于担心我这喜好奶酪的猎犬会把鼻子拱到普拉诺夫的手上，我拽着他的颈环，命令道："斯拉格，从床上下来！现在！”他舔了舔嘴唇，从床上跳了下来。

普拉诺夫没有先问我，便喂了斯拉格，他的举动让我感到很恼火。“糟糕的主意。”我的声音里带着一股冷傲。

普拉诺夫也察觉到了："是的，我……我也觉得不应该那么做。”他把饼干袋儿放在了床边的桌上，我则擦着斯拉格在床上留下的一摊口水。

不要指望斯拉格可以明白服务犬礼仪的全部细节。“你得允许那个家伙有一丝懈怠，”我脑子里的声音劝说着。我更加温和地说道：“这是‘非人类食物’规则，遵循这一点极为重要。”

我邀请斯拉格再次回到床上。普拉诺夫抚摸着他，羞怯地对我微笑着说：“你说得没错，很抱歉我忘记了。下次我一定会记得。”

我咧嘴一笑，拉起了他的手：“谢谢，听你这么说太棒了。”

就在这时，斯拉格向前倾了一下。他用他又大又湿的鼻子拱了拱我们俩紧握的手指，把鼻子放在我俩的指尖，轻轻地喘着粗气。他的举动很有趣，也饱含了关爱。同时，他的举动再一次申明：无论是椒盐脆饼还是飞猪，斯拉格都是其中的参与者。

第十章　三人行

在接下来的日子里，普拉诺夫和我一起度过的时间越来越多。在每一个共同的微笑和温柔的目光中，我们的感情都在慢慢加深。“我觉得你很漂亮！”普拉诺夫说。而且我相信他。当我们在第三次约会结束时，他靠近并轻轻地吻了我的嘴，我感到惊讶，高兴，有点头晕。

“呃，哇！”当他离开时我结结巴巴地说。我的反应竟如此温和。普拉诺夫微笑着：“这很好。”这也是我们分享的许多吻中的第一个。随着我们关系的发展，我们的身体亲密感加深了。起初我感到怯懦，担心普拉诺夫会被我伤痕累累的不寻常的身体击退。我在大学早年的两次痛苦经历引发了这种恐惧。

当我还是大一新生的一个晚上，我匆匆走向校园食堂，想着我在那里找到的意大利面。当时我并没有考虑我不稳定的步态或者别人的看法。一群精心打扮、吵吵闹闹的家伙走近了。他们穿着长曲棍球衬衫。

出于本能，我匆匆走到崎岖人行道的边缘。当他们经过时，我没有勇气看男子长曲棍球队员的脸。不过，我很高兴看到其他人的一瞥。那种安慰让我微笑。片刻之后，其中一名运动员抹去了我的笑容。他大声喊道："他们为什么还要把这些该死的瘸子留在这所学校呢？"

如果我有足够的勇气，我可以说很多东西，比如，"和他们让浑蛋进来的原因相同"，但那一刻我假装没有听到。我咬着嘴唇；我的愤怒盘旋在自己身上，蜿蜒进入我的身体。

同一年，我注意到校园里有另外三名有明显残疾的学生。当我看到他们时，我总是感受到有一种奇怪的亲属关系和自我意识。乔，比我提前一年使用前臂拐杖，似乎感觉到了这些情绪。

有一天，他在校园学生中心找我。我站在一个邮箱墙前，摆弄着我的邮箱插槽的密码锁。他看了一会儿，然后说："有没有人告诉过你，你有多聪明？”

不习惯被恭维，我轻轻地拍打着手，变得傻了。

乔咧嘴一笑。我们聊了一会儿，他问道：“介意我有时来拜访你吗？”

这个问题让我措手不及：“好吧，我觉得可以。”

三个晚上之后，乔坐在我宿舍的床上。他的左手上拿着我最后一罐健怡可乐，大声地啜饮着易拉罐里的饮料。从我棕色的大眼睛（他说我的眼睛就像小鹿的双眼一样）到我身材凹凸有致的曲线，他都大肆赞扬了一番。

一开始得知他对我的关注，我很高兴，但很快，似乎和他身上过浓的古龙香水一样，乔的奉承也过犹不及，让我心里发毛，一点儿也不舒服。显然，他每次到访前都会喷大量的香水。不过，为了礼貌，我还是报以微笑。

乔也用微笑回应着我，但他的表情类似于王牌卡片上鲨鱼的骄傲假笑。“来吧，宝贝，”他坦白道，“你这么聪明，应该知道外面的人都没有想要你的。他们当然不会，谁让你是个残疾人。不过，我一点儿也不介意，毕竟我也离不开这些。”

说罢，他猛地抬起左臂，示意了一下他的拐杖。几滴苏打水从他手中的易拉罐里漏了出来，在落到举起的拐杖上时溅起了水花，接着从两侧滴了下来。乔的目光锁定在我身上。他伸出了舌头，把那块朱红色的肥肉放在了易拉罐顶上。

他盯着我，慢慢地舔着易拉罐边缘的可乐。我没有看他，而是低下头，把汗湿的手指蜷成一团。不安的感觉让我喉头一紧，我颈背上的细毛也竖了起来。

过了一会儿，乔把饮料放在床头柜上。“你不明白吗？”他急忙走向我坐的床边，声音听起来很粗暴。突然间，他压在我的身上，我的背只能紧贴在床垫上。“你不明白吗？”他又说了一遍，“你和我，我们才是一对儿。我们的身体都有残疾。”

“跛脚是我的事儿。”我用尽全力推开了他。他笨拙地从我身上滚了下去，嘴里轻哼了一声。

我突然觉得自己的肾上腺素和愤怒爆满：“出去！现在就给我出去！”

乔找回了他的拐杖，慢慢站起来。他红着脸对我说道：“我没想到你竟会是个无情的婊子。不过，你不能怪罪一个男人的猎奇尝试。”

“去你的！”我嘶声喊道。

当他走向门口时，他回应说：“我就是这么想的。”

门砰的一声关上了。乔走后，我蜷缩在床上，屏住呼吸，听着拐杖敲击地面发出的声响渐行渐远。

现在，这个声音虽已经消失了多年，但这段经历依旧像梦魇般萦绕在我的心头。不过我知道，如果我不想一直被困扰，如果我想继续向前，我要做的不仅仅是直面恐惧，更是要敢于表达。

一天晚上，普拉诺夫正和我一起坐着看电视，这时我深吸一口气说：“我有件事一直想问你。你有没有因我的残疾而感到困扰？我是想说，我的残疾会不会让你害怕某些身体上的接触，比如性爱。”

普拉诺夫将视线从小电视屏幕上移开，他转过头，惊讶地瞪着眼睛：“什么？我为什么要……”他站起身，走到我身边，伸出了手，“过来。”他把我带到了浴室门后面的全身镜前，他则站在我的身边，“看。”

但我现在感到很脆弱，对自我也很敏感。我笑了一声，低下头倾向一边。我的男朋友走到我身后，从后面环抱着我。“我是认真的。看！”他的声音非常温柔。我抬起头，当我看到镜中的自己时，普拉诺夫低声说：“镜子里的是一个温暖、性感、善良的人。我怎么能不去爱呢？”

他的甜言蜜语让我坚定了信念，心里油然而生一种愿望。我转过身抱着他，一直抱着，直到我们情不自禁地有了一个充满激情的长吻。在接下来的日子里，普拉诺夫一直鼓励我，让我形成一种更健康的性观念，更全面地认识自己。

好像是感受到这种健康的关系发展一样，看到我和普拉诺夫在校园里成双成对，我的很多朋友都会露出微笑。他们会向我们点头，接着愉快地和斯拉格打个招呼：“嘿，斯拉格。”不过，一些认识的人——那些不是很了解我的人——会对我们的跨文化浪漫爱情皱起眉头。一天下午，我刚从宿舍里出来，隔壁宿舍的舍友珍便向我走了过来。

“嗨，莉娅。”她的问候很友好，但我在她的声音中听到了一丝谨慎。

“你好。”回应了她的招呼，我很想知道她在想什么。

我知道珍生在北卡罗来纳州的一个小镇上。在她解释她独特的南方口音时，她曾经自豪地提到这点。现在，她带着鼻音，慢慢吐着字："那个现在经常和你一起的人，他看起来不像是当地人。他是哪儿的人啊？"

"你是说普拉诺夫？"我咧嘴一笑，"他是印度人。怎么了？"

珍眯起眼睛，把头发撩到肩膀的后面。她接下来的问题让我反感："你为什么要和自己种族之外的人约会？"

"其实，"我厉声说道，"我一直认为一个人的价值来自他的内在，而不是肤色。如果你不介意的话，我现在得去上课了。"珍大为震惊，她的嘴巴张成了一个圆形，这倒是与她菜碟一样的大圆眼睛很相配。我快步与她擦身而过，走出了宿舍大门，可怜的斯拉格不得不提速来追赶我的脚步。

虽然我对珍的回应很坚定，但这并不意味着我与普拉诺夫的关系可以避开所有的文化挑战。之前的我太过天真，虽然我所爱之人的印度朋友对美国的生活习俗早就习以为常，但他们当中的一些人依旧坚决反对我俩的关系，对此我大为震惊。

一个周六，我亲身感受到了这种情绪。我们应普拉诺夫同学的邀请，一同到他家中共进晚餐，整个星期我都非常期待这一晚。拉格是普拉诺夫的同学，我曾在校园里见过他，他说话温和，态度友好。那天晚上，当他的妻子肖芭在家门口迎接我们进入他们的小公寓时，她优雅的举止让我放松下来。

那天晚上，我决定把斯拉格留在家里，不过当我们坐在起居室里聊天时，我一直在想他。炉子上的罐子里飘出阵阵香味，闻到美味，我情不自禁地把头转向厨房，只为多嗅几下香气，不知道我的鼻孔是不是也像斯拉格一样张开。当我吸入印度咖喱、巴斯马蒂米和辛辣扁豆的美妙味道时，我觉得我很难做到像他一样抑住自己的口水。我的嘴里已经满是口水。“晚餐闻起来很棒，肖芭！”

“谢谢！等我把所有的饭菜端上来，我们就开始。很快就好。”

她起身进了厨房，等她回来时，她手里端了一盘香脆的辛辣开胃菜。当她的家人来到时，我已被肖芭热情地介绍给在场的每一个人；不过，我注意到她妈妈一直盯着我。虽然陌生人常常带着好奇打量我，但这个老女人脸上的表情跟好奇完全不沾边儿。她毫不掩饰地向我怒目而视。

真是奇怪！我暗暗地想。接着我发现她很快就对房间里的其他人露出了微笑。我恍然大悟：或许她不会说英语。想到这儿，我向她点了点头，冒出了一句印度问候语，“Namaste（您好）”。

女人怒目而视，大声吸了口气，对着我背过了身去。我顿时感到很尴尬，只能试图抓住普拉诺夫的目光，我知道，即便是瞬时的对视，也能让我心安。但现在普拉诺夫也拒绝了我。他正和拉伊聊得热火朝天。当我伸手拉他的手时，他避开了。这到底是怎么回事？我疑惑不已，不知如何是好，只能不知所措地默默地坐着。

然而，肖芭的母亲依旧对我指指点点。她轻推了一下她的丈夫，晃着一根长手指指着我，大声地讲着她的母语。虽然我只能听懂几句印度话，但她严厉的语气让我禁不住自省。我们俩不过才刚刚相识，我不知道是什么原因让她如此厌恶我，我也不知道为何其他人并未对她的行为表示不满。

这家里一整晚都弥漫着这种莫名其妙的氛围。虽然美味佳肴摆在面前，我的不适和不安却变得愈发强烈，好像我是剧场临时抓来的替补一样，还没来得及看一眼剧本，便要登台表演了。比起我遭遇的粗鲁，让我更不安的是普拉诺夫的行为。

肖芭的母亲一直皱着眉头，我的同伴没有给我任何指点或支持。晚餐结束后，我表示自己好像突然得了感冒需要离开。对拉伊和肖芭的热情招待表达谢意后，我匆匆离开了他们的家。

“难道你不想解释一下今晚发生的事儿吗？”刚坐上普拉诺夫的车，我便开口说道，“我不想在别人家大吵大闹，尤其是应邀共进晚餐，真是又奇怪又没教养，那个女人竟然整晚都对我表现得那么粗鲁！”

普拉诺夫没有直视我的眼睛：“她就是个直言快语的人。”

“我看得出来。但她到底说了什么？”我问道。

经过长时间的沉默，我的男伴犹豫地回答：“好吧，她说你不应该和我在一起。因为你是美国人。她说你是个……”他停顿了一下，接着轻声说道，“她说你私生活很随便。”

这时，我忍了一整晚的困惑和愤怒都爆发了：“什么？好吧，如果我刚知道她这么说，我肯定会让她好看！”突然，我难过地意识到，“你知道，你一整晚都知道她说我是个美国婊子，但你竟然只是静静地坐在那里吃晚餐！”

“我不知道该做什么。”普拉诺夫温和地抗议道。

感到愤怒和被背叛的我回击道："你可以发声。你应该维护我！"我深吸了一口气，接着慢慢吐了出来。在我还能保持镇定，不会大喊大叫之前，我接着说道，"如果我们要结婚，无论我们身在何处或与谁在一起，我希望你会一直支持我。难道你不明白吗？天哪，连我的狗都明白这点！"

不久之后，我回到了斯拉格身边，我的愤怒变成了伤害。普拉诺夫刚把车停在我宿舍外的停车场上，我便迅速开门下了车。当他提出送我回房间时，我断然拒绝了。现在，我只想让我亲密简单的狗陪着我。开门的时候，我都能听到他在屋里不停地用尾巴拍打家具的声音。当我推开门时，这只85磅重的拉布拉多犬像门鼠一样，灵巧地从门缝中蹿了出来。

"嘿，哥们儿。"我一边轻声说着，一边伸手去轻拍我摇着尾巴的同伴，"我想你了！"当我走进房间时，我意识到斯拉格也在想念我。他推翻了垃圾桶并把里面的垃圾都叼了出来。

大量的面巾纸和皱巴巴的纸张随意地散落在地板上。一个空的化妆水瓶躺在角落里。昨天晚宴用到的塑料盖现已成了带着成千上万牙印儿的碎片。

挤压在我可爱的玫瑰地毯中间的是一块香蕉皮，或者说是残缺的香蕉皮。斯拉格舔净了香蕉皮上的每一丝香甜，除了红绿地毯上留下的一层薄薄的果皮，香蕉皮已所剩无几。

我已经无力生气了，关上门，我靠在门上，接着瘫倒在地上。“噢，伙计！”我抱怨道，“你是不是还嫌今晚的麻烦不够多！”

斯拉格不理解我的压力，也不懂他给我添的乱子，但他似乎想帮我。他立即上前舔着我的脸颊。接着他叼起自己的毛绒猪，放在我的腿上，好像在说，我想如果我们玩一会儿，你的心情会好得多。

“对不起，满嘴香蕉味儿的斯拉格，在我搞清这一切之前，我实在是没心情玩儿。”我把玩具从我的膝盖上扔了下来，然后慢慢站起来。我拿起扫帚和簸箕，开始打扫垃圾。幸运的是，垃圾的清理过程要比看起来容易得多。只用了半个小时，我便抓起棒球，准备带着斯拉格去屋外玩一会儿捡球游戏。

站在凉爽的夜色中，我知道解决普拉诺夫和我之间的混乱需要很长的时间。尽管如此，我与斯拉格的合作关系让我明白了清楚地表达自己的期许至关重要。现在我有信心用明智的方式向普拉诺夫表达我的问题。我想，如果他有丁点儿感觉，他都会在乎我的建议和感觉。

冷静了几天，普拉诺夫终于出现在我的门口，看来他的确有感觉。他向我表示了歉意，还带了十几朵玫瑰。虽然我们的关系显然面临着特别的挑战，但普拉诺夫和我都愿意尝试应对这些挑战。

在接下来的几个月里，激烈的讨论和挫折证实了我最初从斯拉格那里学到的另一个真理：人际关系——即便是好人——也可能带给别人彻头彻尾的痛苦。

随着时间的推移以及对各自文化差异的尊重，普拉诺夫和我之间的相互理解不断加深，最后终于建立了健康稳固的合作伙伴关系。一路走来，我们也发现了许多共同爱好。我们最喜欢的便是藏物间的捉迷藏游戏。也许是因为斯拉格喜欢与我们一起玩耍，我们才会将这项活动作为首选的业余消遣。

“注意，留意拉布拉多，他总能找到需要寻找的东西！”在某个下午的捉迷藏游戏中，普拉诺夫的公寓里响彻着我的欢声笑语。在这场滑稽的捉迷藏运动中，我扮演的角色是“干扰者”。

我总是想象着詹姆斯·伯爵·琼斯宣布我的头衔的样子，

让它像震耳的雷声般从他的舌头上威严地吐出：干——扰——者！但实际上，我的角色更多的是搞笑而不是威严。

在每场比赛开始时，我都会用他难以抗拒的柔声细语呼喊他："哦，斯拉格，到这儿来，亲爱的男孩！"听到我的声音，他会向我冲过来，他身上的每根毛发都被我的召唤所吸引。

呼！一阵心跳加快后，我会发现自己抱着一只哼哼的狂热拉布拉多。我会轻声说着话，抚着他的双耳，好吸引他的注意力，让普拉诺夫有足够的时间溜走并找到一个藏身之处。这一次，普拉诺夫的目的地是后面卧室的壁橱。他把自己塞进壁橱最深处的黑暗角落，在暗中等待着。这时，我会发出三次警告声："留意，留意这只拉布拉多！"我知道藏匿者普拉诺夫已经做好准备迎接狗狗寻找者了。

片刻后，空气中便会飘来普拉诺夫的低声："哟嗬，斯拉格，我敢说你肯定找不到我！"我的拉布拉多会竖起耳朵，抽一下鼻子。这会儿，他会向后退着离开我，为了狩猎的激动放弃我的关注。他快速地走下大厅，矫健的步伐一跳一跳地向前方冲去，突然四爪着地来个急刹车。在交通世界里，急刹车往往伴随着刺耳的尖叫声；不过我的狗只会发出一阵怒吼。

接着，他会站一会儿，集中注意力。他会张开嘴嗅着空气，嘴里发出一声柔软的咕咕声。我走到他身后：“你怎么想的，福尔摩斯？你能解开这个失踪男子的最新谜团吗？”

小跑到卧室之前，他会粗略地瞥我一眼。跑进屋后，他会在床边、梳妆台以及床头柜周围搜寻。让我大吃一惊的是，他竟然会对那双躺在地板上的臭旧拖鞋熟视无睹，径直跳进壁橱里。斯拉格摇动的尾巴表达着他鼻子捕捉到的信息：他离目标已经很近了——现在已经近在咫尺！片刻之后，胜利的汪汪声便传了出来。找到他了！

我大笑道：“好吧，真是让我印象深刻！”当我最喜欢的人和狗一起从壁橱里出来时，普拉诺夫嘴里喊着他一贯的游戏结束语：“没错，没错，你找到了我，但你必须承认，我那会儿差点儿就赢了！”

斯拉格哼了一声。

“我可能说错了，”我笑着说，“但我相信我的狗觉得你就是在吹牛而已。”

我的心上人大笑起来：“可能你说得没错！”接着他跪了下

来，双手抱住斯拉格。

“不管怎么说，你还是喜欢我的，不是吗？”

拉布拉多舔着普拉诺夫的脸颊，普拉诺夫说得没错。

斯拉格和普拉诺夫之间的好感不断加深。几个月后的一天，普拉诺夫眨着眼对我说：“我越来越喜欢斯拉格了，我得找个法子和他共度更多的时光！”我对此并不感到惊讶。

“你打算怎么做？”我羞怯地挑起眉头，“我们所有的空余时间都是一起度过的。”

“好吧。”普拉诺夫对我咧嘴一笑，然后迅速移开视线。他在牛仔裤上擦了擦手，接着把一只手伸进口袋，从里面拿出了一个小黑盒，他翻开盒子。“你愿意让我成为荣幸的男人吗？”他的声音嘶哑。

我看着他向我伸出的闪闪发光的戒指，接着我看着他的双眼：“这是……你在向我求婚吗？”

普拉诺夫微笑着，他温柔地吻了我的唇：“是的。”

我闪着泪光，回答道：“我愿意。”

我的心上人握着我颤抖的手，把戒指戴到了我的手上。“正合适。”我低声呜咽着说。感受到我的情绪，斯拉格跑过来。他蹭着我的身子，我弯腰向他展示了一下我的左手：“看，斯拉格，这是正式求婚。我们现在成了一家三口。”

第十一章　转变

1995年的秋天见证了我生活中翻天覆地的变化。夏末，我和普拉诺夫举行了一场甜蜜的婚礼，现在我俩开心地搬进了我们的第一个家中。我们一室一厅的公寓很小，85磅的斯拉格在这个小房子里突然看起来像只巨大的毛绒猛犸象一般——一只脱毛的毛绒猛犸象。

我们开玩笑地说，这种情况有助于我们更好地相互了解，还有那台沉重的旧吸尘器，这台吸尘器从普拉诺夫本科时就跟着他了。

我们两个人共同承担了家务活，一个周六，正好轮到我用这台吸尘器时，我抱怨道："我讨厌这台笨拙的家伙！"

“怎么了？”普拉诺夫在隔壁房间喊道。

“这台愚蠢的吸尘器就是一头笨驴！”我的高声咆哮盖过了它疯狂单调的尖叫声。这台吸尘器果然名副其实，最后房间里到处都沾满了细小的毛发。我的丈夫主动提出要承担“额外的笨驴责任”，脱去地毯和家具上附着的毛发。

尽管他好意地主动提出解决这个问题，但我能感觉到普拉诺夫的困扰。除了吸尘之外，他还要时不时地在室内装潢边上贴上长长的遮蔽胶带。他需要小心翼翼地抚平每一片胶带，接着气冲冲地撕下来。虽然这种方式似乎有一定的减压效果，但我并不认为这会对毛发起什么大作用。

我的丈夫终于和我得出了相同的结论。一天晚上，他比往常下班回来得晚了很多。他吻了我，接着对着斯拉格跳起了他习惯性的“很高兴又见到你”的舞蹈。待到他俩在起居室里嬉闹时，普拉诺夫突然宣布：“回家的路上我去了趟商店，我买了一个东西，你肯定会喜欢！”

他知道我一直热爱惊喜，我禁不住问道：“它是什么？有趣吗？我什么时候可以拿到？”

“等等我，我去把它带进来。”普拉诺夫匆匆走出前门，给我留下了无限的遐想。我以为他的礼物很浪漫，或是某种美食，或者是一盒美味的巧克力，或者二者兼具！

但是，当我的丈夫几分钟后回来时，他带的东西远比惠特曼最大的采样器大得多。他气喘吁吁地把巨大的纸箱放在地上。

我大致已经猜到了：“这是什么？”

斯拉格和我一样好奇，他跑到箱子边上，开始嗅箱子边角。普拉诺夫开玩笑地拍了拍他：“看到你感兴趣，我很高兴，是你激发了我的采购灵感。”

我又仔细地看了看纸箱上的文字和图像。“哈，你真聪明。笨驴终于可以退休了！”我欢呼道。

它的继任者远非普通的吸尘器。这是一台红色的方形真空吸尘器，它配有强大的马达、一系列配件和坚固的软管，它似乎可以吸入50英里[①]范围内的所有松散的狗毛。

普拉诺夫笑着从盒子里拿出了吸尘器：“是的，我也觉得我们的吸尘器需要升级了。想想我们不用继续购买遮蔽胶会省下的钱。此外，只要我们的生活中有斯拉格，我们就得有配得上

---

① 1英里等于1.6千米。——编者注

他皮毛的吸尘器！”

“说得没错！”我抱着我的丈夫，并对他的态度和机灵表示感激。

我和普拉诺夫虽是新婚燕尔，但婚后不久就开启了我们的职业生涯。不久前，他在一家教育软件公司谋到了一份顾问的职位，刚拿到硕士文凭的我也开始在离家不远的社区医疗健康中心就职。

一天早上，我和斯拉格正走过健康中心的员工停车场时，突然有人喊道：“嘿，你愿意给我讲讲你的狗吗？”

我知道人力资源部门的人已经承诺宣布增加一名新员工和一只行动助力犬。不知道这件事推动得如何了？我心里想。现在我停了下来，然后转身看到一个女人朝我走来。我看到她留着黑色短发，长着一张友善的脸，而且——哇——她的步态几乎与我相同。当她走到我身边时，她说：“嗨，我是玛莉娅。我在这儿的药物滥用部门工作。我也是脑瘫患者，自从听说你们两个加入之后，我一直在思考服务犬提供帮助的方式。”

我咧嘴一笑，突然对这个女人有了惺惺相惜的感觉：“其实，对我而言，这种伙伴关系是为了寻求平衡，这点很明显：斯拉格的训练有助于帮我维持身体平衡，不过他要干的不只是这些，而是还有更多。但是多亏了斯拉格，我才能忘记脑瘫的折磨。如果我们俩的合作能帮你决定服务犬是否适合你，我们很乐意帮忙。”

“谢谢，”玛莉娅说道，“你太好了！”

我们决定在午餐时间见几次面，这样我的新朋友可以提出问题，还能亲眼看看我和服务犬一同工作的状态。我给了她一本关爱伙伴犬的宣传册，甚至解下了斯拉格身上的绳带，好让她看看他“正常”的一面。第四次午餐会面结束之时，玛莉娅宣布：“我迷上了服务犬！”

我感觉一切已经步入了正轨。正如安妮·库伯和她的狗“凯撒”激励我与斯拉格合作一样，现在斯拉格和我也成了玛莉娅的动力源泉。她决定从州外组织申请服务犬，不久之后，她休假两周，与犬伴侣一起接受了培训。

当玛莉娅回来时，陪在她身边的还有一只名叫昆西的高大的狮子狗混种。他戴着像斯拉格一样的绳带，还学会了做许多类似的工作。我们的两只犬似乎看起来并没有什么不同；斯拉格身材魁梧、体格健壮，昆西也很高大。

与我多毛的黄色拉布拉多形成鲜明对比的是，昆西的整个身体上覆盖的是紧密的灰色卷毛。这些加上他灵动的大眼睛上那浓密的眉毛，让我相信他会成为宠物企业新进的完美模特。

一个下午，当我参加中心员工会议时，我的脑海中情不自禁地浮现出了这个画面。就在会议召开的几天以前，玛莉娅和她的犬伴刚结束训练返回。他们就住在我和斯拉格对面的房间。我总是会忍不住偷瞄那只趴在玛莉娅脚边新来的狗。

昆西趴在一个可以时刻观察斯拉格的位置，看到他脸上流露出来的活泼表情，我觉得他肯定很想起身和斯拉格一起玩耍。不过，和其他的服务犬一样，这只小狗在训练中学会了挂着绳索时，他既不能玩耍，也不能与其他的狗交流。就算是他俩在工作时一起穿过走廊，他们依旧需要保持自己的工作状态。

斯拉格似乎对中心新来的员工颇感兴趣。有时，昆西出现在附近时，我必须严厉地下令，“离他远点儿”，才能抑制住斯拉格摇尾巴，用鼻子嗅昆西的冲动。

当然，虽然斯拉格迷上了这只训练有素的幼犬，但我觉得还是情有可原的，毕竟连我也不得不承认昆西真的非常可爱。“说真的，昆西真是人见人爱！”一个清晨，当我在员工休息室碰到玛莉娅时，我对她这样说道。

“没错，而且他也很暖心。虽然我和他要学的有很多，但他的确是一个奇迹！”玛莉娅咧着嘴笑了笑，接着她的表情变得严肃起来，“对了莉娅，你曾说过服务犬提供的平衡不仅仅是体力上的平衡，你还记得吗？”

“当然了。”我笑着说。

“你说得没错。”玛莉娅抚摸着昆西的头，“这家伙给我带来的方便远比表面看起来要多得多。”

很快，我便发现除了玛莉娅和我之外，还有其他人也很感激服务犬所带来的隐含便利。我现在工作上的一些顾客患有慢性精神疾病，他们当中很多人都表达了同样的认识。我每周都会花上几天，在一家日间治疗中心的职业部门协助他们。

在那儿，我会帮助参与者在社区里谋一份兼职或是担当志愿者。他们很快就会说，这项工作——帮助他人就业——“很适合我，同时履职的过程中陪在我身边的都是一只工作犬！”

然而对于我的许多客户来说，斯拉格不仅仅是一只友善、训练有素的动物。他是希望的象征。如果我想知道他在中心的影响力，我所要做的就是来到中心，从车上下来。我已经对每次下车迎面而来的问候习以为常，虽然这并非为我而来。

“早上好！今天怎么样，我的伙计？”说话的是弗兰克，一个满头红发的大块头儿。每天早上，无论是天寒还是阴雨，他都是第一个在停车场问候我们的人。

弗兰克患有精神疾病，所以总是远离他人。不过他与我的拉布拉多合得来，就算是焦虑不安也依旧可以与斯拉格相处。斯拉格总会摇着尾巴，深情地望着他。对弗兰克而言，这就是完美的回应。

为了充分利用这种积极的关系，我问他是否愿意每周与斯拉格一起度过一段特别的时光。弗兰克孩子气的脸上露出了难得的笑容，他平静地回答：“好啊，这个提议不错。”我们约定下周四午饭后见面。

当那天到来时，斯拉格的倾慕者像往常一样，依旧是第一个来迎接我们的人。但这一次，当他问候“早上好！今天怎么样，我的伙计”之后，他接着说了句，“今天我们会见面吧？”

“是的，弗兰克，”我向他保证，“吃完午饭，你就可以和斯拉格一起度过一段时间。”

“不错。”他温柔地回答。接着他慢吞吞地走进了大楼。

清晨转瞬即逝，快到午饭时间时，我正跟一个饱受抑郁症折磨的年轻人谈话，还和其他几个客户一同回顾了他们的求职进展。中心刻意营造了一种放松的氛围，当我将新学的咨询技巧学以致用时，斯拉格常常会在我的桌子下打瞌睡。不过现在，Shake'n 店烤鸡的香气在大厅里四溢，闻到这香味儿，我的拉布拉多一下子清醒过来，就连我的胃也开始咕咕咆哮了。这时，中心的对讲机亮起了红灯，里面传来了一位女士兴高采烈的声音“午餐时间”，我心里真的是感激不尽。

她和厨房的其他成员准备了他们最受欢迎的一餐：鸡肉、烤土豆和沙拉。这时人们蜂拥至餐厅，走廊里响起了匆匆的脚步声。斯拉格跟在我身边，和我一起加入了用餐大军的后方。

“亲爱的，这是你的！”看到我拉开长餐桌尽头的椅子，伯妮斯把盘子摆在了我的面前。活泼的伯妮斯可是厨房的老员工了。

“谢谢！”我把餐巾纸铺在膝盖上，露齿而笑。

“今天天儿不错。”伯妮斯说道。接着她弯下腰，看着斯拉格。

“抱歉了，亲爱的小男孩，今天的饭没你的份儿。你妈妈告诉我，你不能吃人类的食物。”像我的大多数客户一样，她尊重我的服务犬的规则，并为此感到自豪。

“没错，”我说道，“可怜的狗，今天的鸡肉如此美味，要是他能吃，我敢说他肯定一口就吞个精光。”

“没错，但这会让他生病的！”伯妮斯一本正经地说道，接着她眨眨眼，又说了句，“吃多了可是会生病的！”

我把盘子里的大块鸡肉切开，大笑道：“说不定你说得没错！”

弗兰克坐在房间的另一头，简单切了一下自己的午餐。我和他对视了一眼，冲着他笑了笑。他微微点了点头。我心里想，不知他是否还记得我们的会面。

午餐刚结束，我便有了答案。离开用餐区时，弗兰克出现在我的身后。他向我靠过来，简单说了句“好了”。我都能闻到他倒在沙拉上的意大利酱味。

“嗨，弗兰克！”我对他笑着，“中午吃得怎么样？”

“不错。”

“很高兴你喜欢今天的午餐。你觉不觉得他们做的鸡肉是世上最美味的？”尽管我抛出了橄榄枝，但还是没能让他和我交流。

“是啊。”过了一会儿，我说道，“我们去图书馆怎么样？这样你就能和我们计划的一样跟斯拉格待一会儿。”

“好啊。”

弗兰克跟着斯拉格和我走下大厅，他脚上的旧运动鞋踩在地上，光滑的鞋底发出了阵阵轻柔的嗖嗖声。我们到了一间安静的屋子，里面有书、备用家具，还有几个装满季节性装饰的盒子，我坐在一张旧的带衬垫的办公椅上。我让斯拉格趴在地上，接着对弗兰克笑了笑。

“可以吗？”他问道。

“当然了，弗兰克，你现在可以和斯拉格一起玩了。”

“好的。”他蹲下来，将身子的重心放低，接着坐到了斯拉格身旁。他把一只手放在斯拉格的右前爪旁边，起初他没有任何进一步的举动。

斯拉格配合了弗兰克的文雅风度，虽然他只是稍稍晃了晃尾巴。当弗兰克看到这个温柔的摇摆时，他开始说话了。他的话语缓慢而柔和:“嘿，我知道你喜欢我。我能看出来。我们是伙伴，不是吗？你是个漂亮、聪明的伙计，也是一条非常好的狗，超级好。这也是我非常喜欢你的原因。”

看着他俩的状态，听到他的话，我大为震惊。这个穿着格子衬衫、脏乎乎的卡其裤的男人竟然在这里给斯拉格做了个小型演讲，之前他每次说话可是就两三个词!

这个甜蜜而简单的见证标志着进步。它最终会让弗兰克与我进行简短而适宜的对话。现在，让我惊讶的是，这只曾经帮我治愈了那么多伤口的狗，竟然可以温柔而无言地鼓励弗兰克以自己的方式变得健康。

当我与社区中其他精神病患者一起工作时，斯拉格也发挥了作用。虽然我的许多客户都能够独立生活，但他们需要帮助，解决诸如社交、适当服药、购物等问题。

我每周会到城里拜访一位叫作玛丽的女士两次。11月的一个早晨，我开车驶到了她的公寓外，把我的银色本田思域停到了残疾人车位上。

斯拉格坐在后座上，听到我说“好吧，伙计，坐一会儿，很快我就回来”，他扬了一下眉毛。我锁上车，匆匆赶往玛丽的公寓。

我敲了一下橙色金属门，接着听到她从屋里打开了门闩。“我看到你来了。每次到了你来的日子，我都早早地等着。”

“谢谢！很高兴见到你，玛丽。”当她引导我进屋时，我对她说道。这时，一只长着白色前爪的灰色小猫向我走来。“很高兴见到你，波西。”我笑着添了一句。

玛丽也咯咯笑着说：“哦，它今早一直迫不及待，和野人似的在公寓里跑来跑去。我就知道它会来打招呼。它喜欢你，它知道你喜欢动物。”她停顿了一下，揉了揉下嘴唇，“但我也不确定它对你的狗是不是热情过了头。说到斯拉格，你把他留在了车上吗？”

“是啊！”

“好吧，那咱俩快点儿进行，我不想让他等太久。对了，我得去沃尔玛买很多东西。如果你没事的话，我们今天从圣诞采购开始如何？”

“没问题。我记得在上次见面时我们谈到了这一点。”我说道。

“噢，太好了。”玛丽套上了一件绿色的绗缝夹克，将长长的棕色马尾辫从衣领中拉了出来，“我都准备好了，你呢？”几根头发从橡皮圈中散落出来，玛丽用手将发丝塞了回去，“哎，愚蠢的头发。”当我跟着她走出门时，她激动起来。

我打开了车，玛丽坐在了乘客座位上，同时和斯拉格打了个招呼：“嘿，乖乖狗！”

斯拉格晃了晃尾巴作为回应。

玛丽转过身，把手伸到斯拉格面前让他嗅一嗅。斯拉格竟然舔了一下。“我得到了一个吻！”玛丽笑着说，“看，即使他正在工作，他也能感觉出来一个人到底喜不喜欢动物。他就像我的波西一样。知道吗，只要它在我身边，我的感觉就很好。”

“我很高兴，”我微笑着说道，“斯拉格似乎确实有这方面的诀窍。”

“没错，他还是个出色的购物者，肯定可以帮上忙。”

当我们到达沃尔玛时，我的服务犬证明了玛丽的话。当我帮着我的客户为家人挑选礼物时，他平静地在繁忙的商店过道上走来走去。“看，”说着，她停下来盯着斯拉格，“斯拉格还没有完全搞清周围的状况。所以他只是保持专注，全力以赴。

我更该跟他学习了！”

玛丽摸索着打开她的包，然后将手伸进去，从里面掏出了一个亮粉色的钱包。她皱起眉头，接着说道：“不过有些事情只会让我的大脑变得疯狂再疯狂。”

我知道就算是基本的资金管理，对她来说也是一个挑战，于是我提议：“玛丽，我来帮你算价格，这样你就能确保采购金额不会超出你的预算了，你觉得如何？”

“哇，谢谢，”她用手擦了擦额头，“那简直太好了。如果你来控制价格，我的大脑就能保持清爽了，更不必这么紧张了。我就能像斯拉格一样，对吧？”

“听起来不错。”我说道。我们一起为玛丽的妹妹找到了蓝色的海洋香味蜡烛，为她的姨妈找到了一套茶巾，还为她的小侄女找来了一些闪亮的发饰。

“在圣诞节之前我还得再给几个人买礼物，不过今天是个好开端。”玛丽说道，她把采购的商品放在小吃店的桌子上，接着一屁股坐在了凳子上，“天哪，买东西买得我都饿了。我想来个热狗。你呢，莉娅？”

即使有斯拉格帮我稳定身体，在商店的徒步旅行还是让我疲惫不堪。“听起来很棒！坐一会儿不错——我的狗正在吠叫。”

“什么？”玛丽瞥了一眼我的拉布拉多，然后咧嘴一笑，“哦，你说的是你的脚，不是你真正的狗吧！”

她哈哈大笑，很快我也跟着笑了起来：“是啊，还是我的老朋友斯拉格好，一整天都没有偷懒。现在，要是我的‘脚狗’再给力点就好了！来吧，我们吃点东西吧。”

我们在收银台要了热狗和可乐。“你介意帮我拿着饮料吗？”我问道。

“当然不介意，这样饮料就不会洒了。”玛丽回答道，“这是我喜欢你的地方。”她等了一会儿接着说道。

“什么？”

“你在需要的时候会寻求帮助。”

震惊于她的洞察力，我说道：“其实我最初是从斯拉格身上学到的这点，然后才慢慢地向我身边的人求助。”

玛丽拿着热狗，看着我：“是啊，现在我要向你学习！你可以直视自己。我是说，虽然你腿脚不便，但这并不能阻止你。你每天都和斯拉格一起出去，帮助像我这样的人。”

她喝了一口可乐，继续说道：“我的心理问题已经困扰了我很多年，有时甚至我都觉得，这些问题太困难了，我根本无法应对我混乱的大脑，每每如此，我便会停下来想想你和斯拉格。我想如果你能找到这么好的法子来处理你的问题，也许我也可以。至少我得试试。”

我对玛丽的诚实赞美感到惊讶和荣幸，虽然我研究过的专业文本让我知道治疗可能更为复杂，但我还是选择了我的初心。“谢谢你，玛丽。非常感谢你。”

在那一刻，我那令人难以置信的犬伴显然不只是潜移默化地重塑我的生活，他所产生的影响力更为巨大，也为其他人带去了鼓舞人心的积极变化。当一块鹅卵石落在一片安静的池塘里时会溅起层层涟漪，同样，斯拉格的善良所感化的不只是他和我，还触及了玛莉娅、弗兰克和玛丽的生活。我知道，他还会感染更多人。

第十二章　参与战役

当我还是一个小女孩的时候，我的祖父总会告诉我，生活的每个部分都带着某种积极的寓意。祖父说，如果我对此坚定不移，迟早我会有好的发现，即便当生活处在困境之时。

当我们一起生活在弗吉尼亚州雪兰多山谷的农场时，我对此深信不疑。无论是谷仓里新生的小猫，还是来自花园的新鲜礼物，都验证了他所说过的话。只是当我身患残疾时，他的话似乎不再那么有道理。我从未遇到过脑瘫带来的好事儿。

后来，当斯拉格进入我的生活后，我才意识到好事终于降临在了我的头上。他帮我平衡我摇摇晃晃的脚步，帮我拿着我的随身物品，当东西掉落时帮我捡起来。在这个动荡的世界中，他一直陪在我的身旁。

虽然我无法依赖自己的身体去做我想做的事，但我知道我可以依靠我的服务犬。他给我的可是一个绝对的承诺：无论如何，我都会在你身边。这个承诺给了我力量、勇气和自信。在1997年的夏天，这就是我所需要的一切。

那一年，普拉诺夫和我搬到了弗吉尼亚州西南部。他在那里谋到了一份工作，这个职位工资高，还不需要像顾问一样到处出差，实在是个不能错过的好机会。

当我的丈夫投入他的新工作时，我正忙着把我们租来的杂乱无章的两层旧楼变成一个家。之前的租户离开时把这里弄得一片狼藉，我花了几天时间才把楼上楼下擦洗了一遍。一直以来，我都非常怀念我们在哈里森堡的小公寓，那时候大扫除的最大挑战就是斯拉格的狗毛而已。

我从浴室里捏出了巨大的霉菌团，用吸尘器吸出了用过的棉签、老鼠屎等种种杂尘，我忍不住怀念只有小狗捣乱的甜蜜日子。跟吸尘器现在吸出的垃圾比起来，斯拉格的狗毛根本算不上什么。

虽然斯拉格在搬家过程中的最大作用就是“监督”，但我非常感激他的存在。在我打扫卫生、逐步整理我们的行李时，他一直陪在我的身旁，并给我带来了很多欢笑。

他还按时提醒我，无论我们的房间如何，围栏后院都是玩拾物游戏的完美之地。

他会咬起一个网球（我们刚进了房间，网球就自动从行李中滚了出来），接着向我跳过来，使劲儿冲着后门的方向摇着脑袋。斯拉格似乎相信那些“劳逸结合”的老话，显然他不希望我变成呆子。除了同意他的请求，我还能做什么？

尽管如此，我继续玩拾物游戏、安置房间的日子也已经为数不多了，我知道我始终需要找份工作。带着新简历、推荐信和积极乐观的心态，我在当地报纸和网上搜寻着空缺职位。我申请了我认为合适的所有职位，甚至连那些希望渺茫的工作也没有放过。接下来就是等待。每次电话铃响，我都会满怀希望。

也许是要求面试的电话。一天下午，当我赶忙去接听电话时我心里想。我拿起话筒放在耳边，努力调整自己的声音，好让我的声音听起来平静、专业：“您好？”

“下午好，我是吉姆·斯科特。我可以跟莉娅·布里尔通话吗？”

“您请讲。”

“太棒了！”斯科特先生的语气很亲切，他告诉我，此次打电话是关于我之前申请的一份工作，一份服务贫困人口的机构的工作。“我不知道我是否可以问您几个问题？”他说道。

我的心脏漏跳了一拍：“当然可以。”我深吸了一口气，以为他会问及我的工作经历或者我的教育。

“好吧，我注意到，您在提交的材料中谈到您有一只……”他停顿了一下，“服务犬？”

“是的，我的行动辅助犬得到了认证，他主要负责帮我解决身体残疾的问题。”我努力让自己的回答听起来清晰和正式。

“什么？”斯科特先生突然说道，“这是什么意思？”

出于本能，我小心翼翼地说：“我患有先天性脑瘫。我的狗经过了特殊训练，可以协助我做我力不能及的事儿。比如，当我走路时，他可以帮我保持身体平衡。他还能帮我拿东西，或是帮我捡掉在地上的东西。”

经过了漫长的沉默，我听到他说：“哦，好吧，我对此一无所知。”

我一时不知如何回应斯科特先生的话，也不知怎么应对他难以取悦的语气，我又深吸了口气，镇定地说："不好意思，先生？"我尽力让自己的声音保持镇定。

"我只听说过、看过导盲犬。您是盲人吗？"他的措辞变得简短，语气中充满了疑惑，听起来他好像是把这些字眼吐在我身上一般。我的心中升起了一阵不安。

"不，我不是盲人。就像我说的那样，我患有脑瘫，我的狗帮助我完成我自己无法完成的身体任务。"

"你必须和狗一起吗？"斯科特坚持问道。

现在我内心的不适变成了愤怒，像热熔岩一样，它在我的胸口升起，最后汇集在我的喉头。我努力压住怒火，说道："是的，无论是在家、公共场所还是工作环境中，我的狗都是离不开的帮手。"

"好吧，我们必须考虑风险评估。我们现在担忧的是，"斯科特先生停了下来，他大声地清了清嗓子，接着脱口而出，"有跳蚤怎么办？"

那一刻，我惊讶得几乎无法呼吸，更不用说回答这个问题了。最终，我好不容易才说道："跳蚤？你说跳蚤？"

“是的，布里尔女士。我们这儿是个公共单位，所以不能冒这种风险。”

要是当时我说出脑海里涌现的情绪反应，我会对这样一个事实做出明智的评论：多亏了定期梳理和护理，到现在为止，斯拉格身上一只跳蚤都没有，我希望他们的公共场所也没有跳蚤，我可不想有跳蚤跳到我的狗身上。

不过，我还是试着将我的情绪转移到我的左手上，我的左手正抓着厨房里的椅子背，手指的关节也开始泛白。不过，我的声音背叛了我，当我说话时，我的声音颤抖着：“我知道您必须警惕单位中的各种公共健康风险。如果您担心我的服务犬身上有跳蚤，我可以向您保证没有。因为他每天都在我身边工作，所以我非常重视他的干净和健康。”

“我当然肯定您会这么做。”斯科特先生轻蔑地反驳道，“但是上厕所的习惯怎样？你怎么处理这个问题？”

我觉得他指的应该是斯拉格而不是我，于是我说道：“在工作状态下，只有得到我的命令我的犬伙伴才会使用卫生间。如果他突然想要方便，他会给我一个信号，会蹭着我的手让我知道他想出去。”我心想，主啊，这都要成服务犬教育练习了。

这种认识促使我说出了接下来的话："斯科特先生，我知道，你提到你并不熟悉服务犬，但我不认为我的狗的习惯与我申请的工作或我的资历有任何关系。"

"哦，您的简历和参考信息都非常出色，"他热情地回答道，"事实上，如果您有兴趣，我们希望您能参加面试。"

"是吗？"我问道，现在我对这个男人戏剧性的举止变化感到十分困惑。

"不知道您下周二下午可以和我们机构的主管见面吗？"

"好吧，是的，当然，应该可以。"我结结巴巴地说。

不过，在面试前的几天里，我一直在质疑自己的决定。出于担心，我忍不住去想，如果斯科特先生提出对斯拉格不利的问题，怎么办？更糟糕的是，如果他的态度比电话里更差劲儿，该怎么办？如果整个机构都对服务犬一无所知，怎么办？

面试的那个下午，当我走进该机构的大厅时，我努力将这些不确定因素抛在脑后。斯拉格跟在我的身边，冷静而专注。他的陪伴让我充满信心。

"放松，"我内心的声音响了起来。斯科特先生对服务犬一无所知，但这并不意味着我的面试会不顺利。此外，我相信一旦见到斯拉格，他就不会太担心了。

不幸的是，我的自我安慰像泡沫一样脆弱，当斯科特先生和该机构主任泰勒女士对我的面试进行到一半时，“泡沫”突然破了。

最初，泰勒主任身上散发出那种温暖，让我觉得她可能是某个人最喜欢的姨妈。她告诉我，她已经在人类服务领域工作了几十年，和斯科特先生一样，我的资历也给她留下了深刻的印象。当泰勒女士继续赞美斯拉格礼貌的举止，并问他是如何帮助我的时候，我备受鼓舞。“你能不能向我们展示一下他的精彩表现？”她问道。

虽然我也发觉她的请求对于求职面试而言非同寻常，但我还是遵守了。我把一支笔丢在地上，接着让斯拉格给我捡起来。接着我让他把一个笔记本从房间的一头带到另一头。“我的狗能做的还有很多，但在这样一个狭小的空间里向你们展示他所有的能力可不容易。”我一边说一边示意了一下我们所在的小房间。

“当然，我明白。”泰勒女士点点头，对着斯拉格微微一笑。

斯科特先生向前倾了倾身子：“布里尔女士，我们很乐意为您提供机械抓取器，并安排您的同事帮您拿东西。我相信他们也可以在需要时捡起您掉在地上的东西。”

现在，我终于明白为什么泰勒女士让我展示我的服务犬的工作任务了，这样她的同事就可以顺水推舟地告诉我，我并不非得需要斯拉格。我看着站在那儿的一男一女，好像我现在正经历好警察、坏警察的奇怪换班儿。

我很容易就能想象出没有斯拉格的工作会怎样，只要一想到我便感到痛苦。每当我的东西掉在地上，每当我需要从房间的另一头儿拿文件，每当我的双腿虚弱无力时，我都得寻求办公室同事的帮忙。

一个简单的工作日很快便会被一系列请求所填满：您能把这套文件夹放到柜子里吗？谢谢！哦对不起，您以为我是说绿色的吗？其实我要的是棕色的……糟糕，我太笨了，我又把笔掉在地上了。您介意趴在我的桌下，帮我拾起来吗？天哪，我需要去女厕所，但我的脚实在是走不稳。这次谁想给我做活体拐杖啊？

这种招待方式对我来说似乎不切实际，也没有任何实际意义。我不觉得它有助于建立积极的办公室关系。相比之下，我与斯拉格之间的相互依赖为我的生活带来了独立。我深吸了一口气，伸出手，向下抚摸着他的头，那熟悉的柔软让我的紧张一扫而光。

“好吧，我很困惑。”我承认，“你的意思是说我可以做这份工作？我们甚至都没有讨论这个职位，只是谈到了我的狗。”

“好吧。”斯科特先生用手指敲击着他椅子的扶手，“正如我在电话中说到的一样，我们必须评估风险。您是我们空缺职位最合格的候选人。我们想把工作机会给您。我们只是，”说着，他顿了一下，“我们正在努力寻找一种方式，让您在来为我们工作的同时，把您的狗留在家里。我的意思是，我从来没有听说过你们这种伙伴关系。跟您一样的人多吗？”

过了一会儿，他补充道：“我们非常乐意根据您的病情，为您做好合理的调整。”他勉强挤出一个奇怪的笑容。

我顿时大为震怒，我真想一巴掌打掉他脸上的笑。但我知道失去冷静是不专业的表现。这么做只会让我看起来很糟糕，并让我敏感的犬伴侣感到不安。因此，我把自己的情绪抛于脑后，努力让自己保持冷静。“你的意思是，只要不带着我的服务犬，你愿意为我做任何调整？”我平静地说。

“嗯，是的。”

坐在狭窄的办公室里，我看到了一个痛苦的讽刺。我刚刚得知，为了增加我的独立性而做出如此努力的狗被禁止与我同行，只有这样我才能获得有独立收入的就业机会——真可谓是痛苦的就业经历。

我的脑瘫是我被动卷入的终身战斗。一路走来，我一直被人告知如何去应对我的病情。但是现在，作为一个成年人，我可以选择——我既有权利，也有责任去决定我该如何战斗。我决定在我的服务犬的陪伴下，直面我的残疾挑战。

我读了研究生，获得了教育学硕士学位，在心理健康领域的工作也小有成就——所有这些都离不开斯拉格的帮助——我实在是不敢相信眼前发生的一切。

我的脑海中各种思绪和情感错综复杂，就像从盒子里倒出来的千块拼图一样。为了厘清我的思绪，我不得不把注意力集中在我所知道的事情上——构成事件的决定性因素，也正是因此，凌乱的片段才能变成完整的拼图。

我强迫自己的语气保持冷静：“《美国残疾人法案》将服务犬列为合法且可接受的工作形式。多年来，斯拉格和我一起成功地生活和工作，我打算继续下去。如果在这里工作意味着没有他的陪伴，那么我不能接受。”

泰勒女士眨着眼睛盯着我，噘起了嘴。斯科特先生突然被他的墨水笔引燃了兴趣：他努力保持着笔在他双手之间的平衡，避开我的视线研究着手里的笔。一段时间内，房间里唯一的声音就是斯拉格柔和的喘气声。

最后我说："还有其他问题吗？”

泰勒女士笑了笑："没有了，我想应该是没了。”她站起来，走到门口，冲着我点了点头，“很高兴能和你们见面，莉娅和斯拉格！”我勉强同她告别，当我走出门时，泰勒女士补充道，“请您考虑一下我们的提议，如果有了决定，请告诉我。”

我很生气，现在我不能做任何回答。

那天晚上，我对着普拉诺夫发泄着我的情绪和挫折感："到底是怎么回事？”吃完晚饭，当我们两个人在沙发上喝酒时，我感到很生气，“我必须解决我的脑瘫，持续的痛苦，身体的限制，还有失控。难道我连处理它们的方式都没有自主权吗？斯拉格又不是水牛，他是合法的援助形式——一只表现良好、干净且乐于助人的狗！”

我屏住呼吸："他也远不止于此。他是我解决所有难题的帮手，是残疾带给我的美好。我不会放弃的，永远不会！"泪水滑过我的脸颊，落到了我的衬衫上。

"哦，亲爱的，"普拉诺夫搂着我说，"我该怎么做才能帮到你？"

我吸了吸鼻子："我会没事的。现在我只想哭一会儿。"

很快我意识到，要将事情做好需要更多的眼泪。在这令人不安的面试后没过几天，我给该机构打了个电话。当我要求和泰勒女士谈话时，我的电话转到了她的语音信箱。

我很感激有机会留下清晰连续的信息，我确定我已经考虑过我们最近的谈话了。我小心地补充说："我在这个问题上的立场与我们见面时的情况相同，如果不能允许得到认证的服务犬陪伴着我，那么我对任何工作都不感兴趣。如果您觉得在这个问题上我们可以进一步探讨，那么请告诉我。"接着，我留下了自己的电话号码，挂断电话时，我心里还是希望可以很快接到电话。

那通电话永远不会打来。

我知道我可以选择放下整段经历，将其归结为他人的无知，接着继续向前。我的一部分想要这样做。但另一部分，在我内心深处低声呼喊，让我做正确的事。

此时此刻，我知道做正确的事情不会包括为该机构工作；有了之前的经历，我也不敢和他们一起工作。然而，有两个问题依旧困扰着我：我为什么不能站出来，捍卫自己的权利，和改变我生活的狗一起工作？如果我没有站出来，下一个像我一样有着服务犬伙伴的人又会怎样？

一天晚上，我和普拉诺夫探讨了这两个沉重的话题，一直谈到深夜。我们讨论了几个小时，那些“如果”像追逐游戏中疯狂的小猫一样，一直萦绕在我的脑海之中：如果我决定采取一些正式的行动来抵制这个机构，会怎样？如果我的努力最终适得其反，该怎么办？如果他们对其他服务犬团队造成不利影响，怎么办？如果他们对我和我的家人造成困难，该怎么办？我和丈夫刚结婚不久，我们在新家住了还不到一年。

握着普拉诺夫的手，恐惧和沮丧的泪水从我的脸颊滑落，我低声说道：“我竟然还想对抗，我简直是疯了。这是个巨大的风险。我不确定我是否有能力，我甚至都不确定如何去对抗。”

“好吧，我觉得你根本不会发疯，”我丈夫的声音和我最喜欢的毯子一样柔软舒缓，“如果说有什么值得你冒险，那就是你与斯拉格之间令人难以置信的关系。”

普拉诺夫从我的脸上抹去一滴眼泪，凝视着我的眼睛：“就算你自己感觉不到，但你是一个很坚强的人。我了解你，莉娅。如果你选择对抗，你就会找到力量。无论你的决定是什么，我都会支持你。斯拉格和我会全力支持你。”

“真的吗？”我说，“谢谢。你给了我力量。”

在普拉诺夫的坚定支持下，第二天我联系了我的朋友艾米，向她寻求帮助。艾米是关爱犬伙伴的忠实志愿者，同时她还是一名助理律师。当她听到我的故事时，她建议我和钱德勒律所的托马斯·奥克森汉姆谈一谈。

最初，我没有任何采取法律行动的想法。我以前从未想过有一天我会做这样的事情。尽管我与斯拉格的合作培训使我熟悉了《美国残疾人法案》的基础知识，但我对法律程序一无所知。

值得庆幸的是，虽然是初次见面，奥克森汉姆却很有耐心，也乐于助人。当我回忆起我的经历时，他认真地倾听。接着他解释了我的选择，以及如果我选择继续，我可能会遇到的问题。

作为一个南方女孩，虽然我内化了南方女孩甜美、顺从的刻板社会印象，但当我和律师谈话时，我依旧感到内疚。我说道：“我就是认为无论有没有服务犬，人们都应该有同样的权利，难道这个不合理吗？”说到这儿时，我的话语里带着忐忑和歉意。

“是的，布里尔女士，这绝对是合理的。”奥克森汉姆先生的下一句话更是掷地有声，“这也是法律的要求。”

之后我了解到，有了这个男人的专业指导、普拉诺夫和斯拉格的支持，我可以按照我的意志行事。

我首先向平等就业机会委员会（EEOC）提出申诉。我的律师让我做好心理准备：委员会的工作耗时巨大。所以我提交了索赔所需的详尽文件，开始了耐心等待。

在接下来的几个月内，处理我案件的委员会调查员定期给我打电话，为我更新事情的进展。不过，时间似乎拖延了。夏天闷热的日子慢慢让步于清爽的秋季午后，我的心头一直被同一个未解的问题所困：委员会的规则对我有利吗？

最后的最后，我终于接到了我一直都很担心又渴望的电话。电话里响起了委员会调查员熟悉而又专业的声音：“委员会已经做出决定。”她说。

由于太过紧张，我说起话来都断断续续的：“哦……好。”

“布里尔女士，平等就业机会委员会已经确定，我们有合理的理由认为该机构违反了《美国残疾人法案》的条款。”

“他们做到了？我的意思是，你做到了？我是说，天哪，谢谢你。非常感谢你！”

“您客气了，布里尔女士。我们会给您寄一封决议书，里面会阐述我们的调查结果和我们建议的行动方案。决议书的影印件也将寄给该机构。看完决议书后，如果您有任何疑问，请随时联系我。”

“当然，好吧。”我回答道，很长一段时间里，我都以为自己是在做梦。

然而，这种兴奋是短暂的。虽然决议书给出了结果，但委员会还是无法就我的投诉与该机构达成适当的调解。

因此，在1998年的夏天，奥克森汉姆先生代表我向法院提起诉讼。最重要的是，我希望该机构保证将来不会歧视有服务犬的人。我不想和他们一起工作，我不想要他们的钱。

我天真地想，为什么他们不能只是说：“我们搞砸了。我们不应该说你不能带你的服务犬在这里工作。我们很抱歉，我们现在正采取措施避免重蹈覆辙。”对我来说，这已经足够了。

但是，我想要提高人们认识的努力似乎没有实现。法律程序持续了几个月，即使在奥克森汉姆先生积极专业的指导下，压力依旧给我造成了影响。我睡得不好，情绪也变得越来越烦躁。

普拉诺夫经常是我发泄不满的不幸目标，他频繁感到头痛，身体也愈发虚弱。在案件总结判决后不久，该机构的律师联系了我的律师，希望与我达成法庭外和解。得知这个信息，我和普拉诺夫都感到宽慰。

在我们见面签署协议的那个下午，我感到筋疲力尽。我也担心如果我输了，那么会对我用心组建的家庭、我们的家庭财政造成怎样的负担。

然而与此同时，我想——我需要——知道我的努力是有意义的。作为我们最终解决方案的一部分，我非常努力地提出为所有机构员工提供服务犬访问教育的要求，但该机构的律师断然拒绝。“那……”他说，“将承认有罪。我们没有做错任何事。”

在这场漫长而痛苦的战斗即将结束之时，这个律师的话使我感到沮丧。有那么一刻，我觉得几个月来支持我的信念好像雪花一样在阳光下融化。这一切值得吗？我不确定。为了抑制住自己想哭的冲动，我盯着地板。

就在这时，奥克森汉姆先生走了过来，俯身站在我身旁。他把手放在我的肩膀上，低声说道："抬起头来，莉娅！做正确的事是很荣幸的。你在所有这一切中做了正确的选择，因为你的努力，该机构不会再犯同样的错误。我确信这一点。"

在斗争的苦涩消失在记忆中之前，律师的这番话一直陪伴着我。几年后的一个晚上，当我回想起来时，它们依旧在我脑海中泛起别样的甜蜜。当本地新闻片段引起我的注意时，我正在浏览电视频道。新闻报道中出现的是我用法律维权的那家机构。

"对话狗狗的工作。"记者在故事的开头愉快地宣布。随着报道的继续，我的嘴唇划过了一个惊奇的微笑。新闻中报道了机构的一个正式员工——艾琳·理查兹，还有她的新服务犬艾什。

第十三章　内心深处

几个月后，熟悉的脚步声打断了我的日常工作。当我从弗吉尼亚州西南部的罗纳德·麦当劳之家的桌子上堆成山的文件中抬起头时，我看到朱莉——一个年轻的癌症患者兼房客——正穿着她的长袍和睡衣，站在我面前。

“嘿！没想到我会来找你吧。”她说道，“下次斯拉格休息时，我可以和他一起出去玩吗？”

“当然了，”我回答道，“午饭后怎么样？”

“唉，糟糕！”朱莉的脸色暗了下去，她用左手摸了摸因化疗而掉光头发的头，“我必须在12点30分回到医院，但我确实非常想和斯拉格玩一会儿。”

“嗯。”我点点头。我坐着办公椅，从桌子后出来，办公椅的轮子在地板上轻轻作响。斯拉格蜷缩在我的脚下。我有时会给他解开牵绳，这样他就可以为需要他的房客带来一些狗狗的安慰，朱莉是他的最爱之一。

现在，斯拉格睁着大眼，一脸恳求地看着我。他脸上的表情与他年轻朋友的表情相符，都在对我说着拜托。

我在这儿是通信总监，对我而言这就是个完美的工作；除了帮我把受歧视的经历抛于脑后，这个工作还很有趣，也非常有益。

朱莉这样的人就是原因所在。虽然我需要对下周计划邮寄的最新版房屋通信进行最后润色，但如果我没能感受到斯拉格和朱莉一样的渴望，我又怎么能以斯拉格的沟通者自居的？我弯下腰解开斯拉格的牵绳，接着对他说道：“现在休息一会儿也没什么不妥。”

“你是最酷的！”朱莉惊呼道。这真是一种恭维，“酷”似乎是她最喜欢的词。她跑了过来，趴在地上。

我示意斯拉格“过去问好”。知道这意味着他可以自由地玩耍，他起身晃了晃身子，接着抓住他的皮带放在嘴里。当巨大的斯拉格瞬间趴到她的膝盖上时，朱莉高兴地笑了起来。

“这是不是意味着你想要擦擦肚皮，对吧，伙计？”她把手伸进他的毛里，有节奏地拂来拂去，她闪闪发光的蓝色指甲映照着斯拉格黄色的皮毛。斯拉格的尾巴敲打着地板。他心满意足地叹了口气。很快，他就把舌头从嘴里伸了出来。

“你这个大而笨拙的耳朵。”朱莉一边给他按着脖子，一边低声说道。

我笑着说：“你让我的狗处于幸福状态。”

低头看着这个抱着斯拉格、放松微笑的女孩，显然喜悦也是相互的。“很酷。”她说，“这很酷。”过了一会儿，她唤醒了恍惚中的斯拉格，接着站了起来。

“看来斯拉格认为你的衣服需要加点儿黄色。”我观察道。

朱莉小心翼翼地从袖子里拔出两根狗毛。然后她停了下来。她的脸亮了起来，带着恶作剧般的微笑说：“好吧，如果你问我，我觉得狗毛也是一种精彩的时尚。”我眨了眨眼。

朱莉伸开双臂，抱着我的脖子，然后在我的脸颊上快速地吻了一下：“这是我的一种逃避方式。当我和你们在一起的时候，我不需要太多思考或担心——我可以跟以前的我一样。那很酷，你知道吗？”

“这对我们来说也很酷，”我回答道，“斯拉格与我喜欢和以前的你出去玩耍！”

当我看到朱莉从我办公室的门口溜回来时，我意识到我的狗与她分享的温暖对她来说意义重大。即使斯拉格不处于工作模式，但他用心传递的信息也很明确：虽然担心痛苦，虽然遭受癌症，但你是你。你很好。

斯拉格出现在罗纳德之家不仅让患者感到放心，他也触动了和我并肩作战过的家庭成员。在医院孩子的病床边上陪伴了几个小时之后，疲惫的父母和祖父母常常会走进来。

很多时候他们只是想要独处。他们只会无声地点点头，然后退到他们的私人房间去避难。有的时候，这些家庭成员也需要交谈，对着其他的耳朵，详细地讲述自己挚爱之人的病情。

有时候，最受欢迎的耳朵不是人的耳朵；有时最合适的对象只有斯拉格。这时，我会解下绳索，在他给予安静和无条件的安慰时，努力不给他造成任何影响。

“我们家里有一只名叫班尼的狗，但他比你小得多，表现也不是那么好。”一个下午，年轻的母亲安德莉娅在工作休息时轻轻地抚摸着斯拉格的背部，对他说道。她和她的家人在罗纳德之家众所周知：她的小儿子瑞恩被诊断出脑瘤，是附近癌症中心的一个病人。

最近，安德莉娅告诉我，瑞恩正在接受积极的治疗。“他会挺过来的。”她说道，“瑞恩很坚强。他生于健壮的家庭！”当时，她的声音听起来很坚定，与她今天下午对斯拉格低声说话的语气截然不同。

现在她的话语很柔和，基本上是颤颤巍巍的：“你知道吗，瑞恩特别想他的狗。他喜欢班尼。他对任何一种动物都充满好奇，从他还是个孩子的时候就表现出了对动物的喜爱。他就是这样的孩子。斯拉格，我想他也会爱你。我跟他讲了关于你的一切。”

安德莉娅继续颤抖着说：“我已经答应了他，当他身体状况好点儿的时候，我会把他带到这里，这样他就能见到你了。他会从中得到真正的启发。等他身体好点儿的时候。你觉得呢？在你们见面前，我会向你要两个拥抱——一个给我，一个给瑞恩。”

当安德莉娅弯下腰拥抱他时，斯拉格保持着沉默安静。她拥抱了斯拉格两次，每次都会停一停。在她第二次深拥后，她站了起来。“谢谢你。”她没有抬头看我，径自低声说道。

“无论何时都可以，安德莉娅。”内心深处的我想要说更多，对她说一些充满希望或支持的话；但是，当这个女人从我身边走过，穿过大厅走向她的房间时，我却说不出话来。她让斯拉格跟在身边守护着她，我很少看到她以这样的状态和他人相处。

虽然言辞不多，但安德莉娅能够放下她作为强大的母亲、看护人和感恩住户的角色，只是让自己在那一刻寻求并获得安慰。这比任何言语的治愈效果都要好得多。

现在，我抚平了斯拉格毛皮上的湿点，那是安德莉娅落下的眼泪。“嘿，贴心的狗。”说着，我再一次小心地给他拴上牵绳，这种外在象征代表的是服务犬的专注以及训练有素。

然而，当我和安德莉娅一起看着斯拉格时，我一直都在提醒自己，他最非凡的品质并非源于他的工作服或是他所有的训练——无论是工作还是休息，斯拉格都自愿地奉献。

几天之后，斯拉格以更加强大、更为意想不到的方式证明了这一点。早上7点30分，普拉诺夫上班后，我走进楼下的小浴室洗澡。

斯拉格虽然明白，但他还是试着将自己的大块头儿从门里钻进去，挤在浴缸和门之间狭窄的空间中。出于习惯，他就卡在狭窄的缝隙中。大块头儿斯拉格肚子朝下趴在地上，把头放在两只伸出的前爪之间，后腿则在他身后翻转。看起来，好像只需要一个飞行毯，他就可以飞起来。“超人狗！”我笑着走进浴缸。

当我洗完澡换上浴袍时，斯拉格还在他的岗位上。我正擦着头发上的水，他突然站起来，从走廊上往下看，接着竖起了耳朵。

我正要问他发生了什么事，一阵奇怪的声响传到了我的耳朵里。我说不清这是什么声音，只能呆站着努力地听。声音来自厨房。

一开始，我以为那是只老鼠。天知道，自从搬进这个通风良好的老房子以来，我们看到的老鼠可谓数不胜数！但接着，声音又传了出来。这一次是持续的嘎嘎声，显然不是讨厌的啮齿动物。有人在摇晃从门廊进入厨房的门把手。天哪，我想，门锁可一定要撑住！

当我冲进最近的卧室时，斯拉格跟在我身边。声音引起了他的骚动，当我抓起电话报警时，我听到他在低声地咆哮。接着我听到了其他的声音——厨房门被推开了，发出了一阵轻微的嘎吱声。天哪，糟糕！

闯入者踩到老旧的地板上，地板吱吱作响。我疯狂地拨打了911。调度员的声音很平静："这是911，您怎么了？"

我气喘吁吁地对着话筒说出了我的地址，尽可能地加快我的语速："有人闯进了我的房子。我一个人在家，我是说，家里只有我和我的狗。我需要帮助。快点儿派警车来！"不过报警也于事无补：当我抬起头时，我看到有人正站在卧室门外的走廊里。

斯拉格也看到了他，接着，斯拉格的喉咙里涌出一声隆隆声。斯拉格站在我面前，盯着入侵者，他身上的毛都竖了起来。这一次，斯拉格没有摇动他的尾巴。我从来没见过温顺的斯拉格的这一面，但我清楚地知道他正在极力保护我。

他的保护给了我勇气。我抓住我能找到的最尖锐的东西——一把银色的开信刀，指着那个站在走廊里、盯着我和我的狗的男孩。男孩看起来十几岁，身子消瘦，头上顶着凌乱的头发。"我不知道你是谁，但你最好离开我家！警察正在路上！"我喊道。我努力让自己的声音听起来很凶，但是身着长袍、拿着开信刀的我怎么看都不够有震慑力。

不过有了斯拉格，我们俩一起看起来就足够吓人了。当他瞪着走廊里的陌生人时，他一直在咆哮。虽然他依旧在我面前一动不动，但入侵者似乎相信，我巨大的拉布拉多犬随时都会扑向他。

他呆滞充血的双眼紧张地看着斯拉格，他的手在牛仔裤上反复擦拭。最后他终于说话了。他的声音支离破碎，好像他的话语随意从他的大脑飘到了他的嘴唇上。

“我的一个朋友，你知道，她叫什么名字，”他停顿了一下，“阿曼达，她不在了吗？”又一次长时间的停顿，“我只是过来帮她，你知道，帮她收拾一下东西。”

他侧着头盯着斯拉格看了一会儿，接着说：“那条狗真的不喜欢我。我不想和他有……任何冲突。你能不能帮我拉着他，我马上就走。”接着他迅速向后退开，一直退到门廊，他才敢转身。他的身上散发着一股突兀的味道，让我想起了烧焦的三叶草中的臭鼬。

当警察到达时，我已经换上了牛仔裤和一件 T 恤。我坐在沙发上，斯拉格趴在我的身边。我很少允许他上沙发，但经过这惊险的一幕后，我想尽可能地靠近我的大狗。我一直情不自禁地抱着他。

显然，斯拉格也意识到早上的灾难已经成为过去，现在的他恢复了他友好、快乐的状态。当我把这名年轻的警察带到前门时，斯拉格嗅了嗅他的鞋子。我发现他的尾巴又出现了熟悉的摇摆。

“多么棒的狗。”警官笑了笑。

“说他好可是低估了他，”我说道，“他更是个英雄！”随后，我详细介绍了这个可怕而奇怪的早晨，尽可能准确地描述了入侵者的样子，“斯拉格一直在这儿，多年来他一直是我的服务犬，他不会让那个怪异的家伙靠近我。”我补充道，“他一直守护着我。今早，他可是把那个家伙吓了一跳！”

“真是个好搭档。”警察热情地说，接着他严肃说道，“我很遗憾地告诉你，你的房子有一段不好的过去。看来今早你亲身经历了。”

听他说房子以前的房客一直在吸毒，这房子也是当地的吸毒据点，我觉得气都喘不上来了。据说，他们会不断地招待“朋友”，其中许多人都有房子的备用钥匙，这样无论早晚都可以进行毒品交易。

我这才把今早的经历和房子串起来："这也解释了那个家伙需要的'东西'，怪不得他能进来呢。难怪他闻起来很怪，行为也如此怪异！"

"是的。"警察回答道，他从里到外仔细检查了一遍房子，最后他建议道，"现在看起来一切都很好，但为了安全起见，你应该马上换掉房子所有的锁。在接下来的几天里，我们会在房子附近派遣额外的巡逻队，以便密切关注附近的动态。"

我点了点头，感谢了警察，承诺一定会遵循他的指导。准备离开时，他又添了句："哦，如果我是你，我会一直让斯拉格跟在我身边，没有什么能替代训练有素的狗！"

"我肯定会的！"

直到警察的巡逻车驶离路边，我才意识到警察错误地认为斯拉格的保护是一种训练有素的反应。虽然不可否认的是，我的狗在训练中学会了许多有用也令人印象深刻的能力，但保护不是其中之一。这种无私并非来自他的训练。就像他无条件的安慰和让人安心的天赋一样，这种保护源自他的内心。

第十四章　柠檬水中的牛奶骨头

起初，这种感觉慢慢地出现，逐渐侵入我的意识，直到最后我才有了清晰的认知。现在，不能质疑的是——我的耳朵受伤了！

我耳朵外脊薄而弯曲的软骨好像在燃烧一样。我心想，天哪，打电话一般不会伤到我的耳朵。太奇怪了！我们只是在聊天，我瞥了一眼时钟。什么？不可能！电子表盘上的鲜红色数字显示在晚上9点47分。话筒压在我的耳朵上已经超过了三个小时——怪不得它突然感到疼痛。

很难相信，这场马拉松式的聊天也是我与卡罗尔·威洛比的第一次交流。给她打电话之前，我对她的所有认识就是她刚刚和他人合作创立了一家非营利性服务犬组织。

一个认识她多年的朋友是罗纳德之家的志愿者，当他把卡罗尔的电话号码给我时，他对我说："我敢说你们俩肯定合得来！"现在，眼看就要10点了，我这才意识到合得来也不过是轻描淡写。

当然，我们俩聊我们的狗便说了很久。当我滔滔不绝地谈到斯拉格时，她热情地听着；当她谈到她的金毛猎犬布克和布莱克时，我立刻感觉到了我俩的共性。

布克是卡罗尔的第一只服务犬，他最近去世了，但在她身边时，他帮她解决了类风湿性关节炎所带来的困难。他还协助训练了他年轻的徒弟布莱克，正是他让卡罗尔灵光一现，迸发出组建圣弗朗西斯服务犬的灵感。

第一次冗长的谈话结束后过了几个月，我惊呼道："卡罗尔，我从未想过组建这样一个组织！"在那个预约日的下午，我们两个人正在她的露台上放松，喝着粉红色的柠檬水，吃着曲奇饼。

"噢，你也可以想象啊。"卡罗尔顽皮地笑了笑，接着提到了我们曾分享过的一个笑话，"洗个澡就行了！"

我手里拿着玻璃杯，但是她的话让我大笑不止，我只能快点儿放下杯子，才不会把柠檬水洒在身上。不久前，我对卡罗尔说，我已经决定将一些短篇小说寄给杂志，看看是否可以发表。善良的她是我的“第一只耳朵”，在我读我的小说时边听边给我提建议。我对她坦白，每次写作没了灵感，我都会洗个热水澡。我对她说：“很奇怪，但洗澡可以让我创造灵感更为酣畅淋漓。”

在那之后，每当我的想象干涸时，她都建议我洗个热水澡。现在她说：“要是有人听到我们的谈话，会不会觉得咱俩疯了？”

看着这个坐在青色电动轮椅上的迷人的女人，我点点头。她时尚的外表、透光的指甲，以及漂亮的帽子，都无法掩盖住她一如既往的优雅。我很荣幸，可以看到她幽默的一面。

很快，我们便意识到我俩的分享要比残疾和服务犬更深。从一开始，我们的友谊似乎也是循规蹈矩的——只是拾起了那些我们过去曾放下的东西。在那些痴迷于狗的时刻，我们经常开玩笑说，上辈子我们肯定是一个窝儿的小伙伴。这个想法总是让我微笑。

我把曲奇饼干塞进嘴里，一本正经地回过头：“你知道吗，卡罗尔，”说着，我擦掉明亮的橙色残渣，“刚刚我突然灵光一现。”

“嗯，啊！我能问是什么吗？”她用顽皮的语气说道。

“好吧，我突然发现——你的柠檬水里有牛奶骨头！”

“什么？”卡罗尔尖叫道。她瞪着大眼，看了看附近的桌子，在桌子上的玻璃罐中，冰块正在甜蜜的粉色水里沐浴。

“我不是说真有骨头。你知道，当生活给你柠檬时，你会想办法让自己的努力变得积极。接着，当你决定建立服务犬组织时，你更进了一步。当当！这就是柠檬水中的牛奶骨头！”

“啊，我懂了，刚刚我可担心了。”卡罗尔笑了，“但我并不是孤军奋战。没有我丈夫道格的支持，我无法开始这一切。还有很多人，多亏了他们对这项事业的信念，多亏了他们的帮忙。你应该知道的！”

我这个颇有魅力的好朋友轻而易举地便说服我加入了几个基金会委员会，让我参与筹款、活动策划、候选人筛选等各方面的工作。想到这儿，我笑着说：“好点子。”

“所以，莉娅，说到这儿，我有件事得问问你。”

“说吧。”我以为她会让我在另一个委员会任职。

“我们的董事会需要扩大，我想知道你和斯拉格是否愿意加入我们。”

卡罗尔的话让我措手不及，我突然有种不真实的感觉，不敢相信自己：“我？真的吗？你确定？我没有董事会经验。我还不到三十岁。我的意思是我不确定是不是合适……”

“别这么说！”我朋友的感叹切断了我的不安，“你怎么能说你不合适？你很聪明，善言辞，还有一只服务犬，你很清楚基金会的使命。我们的董事会需要你的观点，我们需要你！”她接着说，“这对我来说意义非凡。你能考虑一下吗？”

“当然。”我向她保证。事实上，在我们的会面结束前，我便清楚地知道自己会接受董事会的提名。我只是想花几天时间考虑一下。快到周末时，我给卡罗尔打了个电话，正式告知她我的决定，当时的我们都没想到这通电话竟然开启了我们十几年的服务。

在董事会上，我亲眼看到了志愿者可以完成的任务。狗训练师、小狗饲养者、律师、兽医、企业家、教师——来自各行各业的人——联合起来。这些最初的陌生人所重视的不仅是训练有素的服务犬，还有那些生活丰富的人。

我们的共同目标是养狗、提高人们的认识、筹集资金，通过服务犬伙伴关系改善他人的生活。作为一个集体的一分子，我可以实现自我价值，我的生命有了全新的目标。

加入董事会后不久，我开始代表基金会与斯拉格一起开展教育讲座和展示活动。公民、教会以及学校经常要求我们展示这些服务犬的表现。每次展示前，我会根据每个新观众的年龄调整我的重点，并以此做一个详细的大纲。虽然每次对着好奇的陌生人群发表讲话时，我都会感到怯场，但斯拉格的陪伴和热切的帮助都会增强我的信心。

最后，我告诉卡罗尔："我从来没想过，有一天我竟然会喜欢公开表达，但我得承认，这已成为我最喜欢的支持基金会的方式之一！"

我的朋友眨眨眼："你真棒！你做得越多，我们能够添加到柠檬水中的牛奶骨头便越多！"

几个月后，我们正匆匆穿过当地一所小学的停车场，这时的我已经数不清斯拉格和我做了多少次演讲。我看向我的犬伴，问道："准备好再来一次吗，斯拉格？"他的尾巴轻快摇摆传达了所有的一切!

虽然斯拉格越来越年长，但他也喜欢做能力演示。人们允许他炫耀他的服务任务，他知道演示过后他会得到欢呼和奶酪零食。

对我而言，这些演讲提供了一个机会，让我得以分享关于服务犬和服务犬合作伙伴的积极信息。在教导好奇的年轻观众时，我发现我得到的奖励是对自我治愈的特别机遇。

今天也不例外。走进学校礼堂时，四周是四百个晃来晃去、精力充沛的孩子，我的同伴就站在我身旁——只是站在那儿就会引起轰动：他引起了每个孩子的注意。这是一项了不起的壮举，对一只狗来说更是如此。

礼堂里的孩子们都知道，我85磅重的黄色拉布拉多犬有一些非常特别的能力。他们睁大眼睛凝视着他。一个可爱的女孩用一根手指绕着她的辫子。接着她抬起另一只手指向狗戴的牵绳。她喊道："这是为了什么？那是一只导盲犬吗？"

我笑了笑，心想希望斯拉格将这一刻变得令人难忘，这样她便可以得到答案，这个答案将会一直伴着她长大成人，直到未来的工作世界。也许到那时，未来的服务犬队伍将不会面对我们所经历的歧视。

“布列塔尼，别着急。”附近的老师告诫道，“布里尔女士很快就会发言。首先，我们必须注意我们的举止，成为优秀的倾听者。”

她和其他的老师走进学生队伍中，向他们发出类似的提醒。当我和我的犬伙伴走到前台时，他们的喧哗被惊诧声取代。

舞台连接着四层台阶。我们两个以我们惯常的方式走了上去。斯拉格走在我前面，将他的前爪放在面前的台阶上，接着静静地等着我。

我抓住他背带的刚性手柄，正准备跟上他。突然，当我迈上台阶时，我的手滑了一下。在这个可怕的时刻，我失去了平衡，本能地抓住了我能抓到的任何东西。我的手指拽到了斯拉格的一条背带上，我的身体冲着他摔了过去。我忠心的狗痛苦地喊了声，但他没有动。他依旧待在原处，直到我重新站稳脚跟。

走上台阶后，我弯下腰检查他有没有受伤。“我的天哪，你还好吗，亲爱的小伙子？我很抱歉摔到了你的身上！”我轻声说道。内疚让我的脸涨得通红，斯拉格立马转过头，舔了舔我的鼻子。也许他是用这种方式，告诉我没有受伤。或许他传达的信息更为深刻：这是我们关系的一部分。我会一直守护你。无论前方有何艰难险阻。

当我们两个到达舞台中央坐下时，礼堂里的喋喋不休被惊讶的低语所取代："哇！你看到了吗？那只狗怎么学会那么做的？我真希望我的狗也这么聪明！"

斯拉格向观众表示感谢：他摇了摇自己的屁股。他的目光从我身上飞向观众，然后又转向我。他急于展示自己的能力。不过，开场白可不能少。

看着面前一张张满是期待的脸，我突然感到很尴尬。虽然公开演讲已成为我生活中如此熟悉的一部分，但这些情绪仍然困扰着我。这些情绪和我想象的朋友杰夫和佩琦一样，是我儿时的一部分；但与我的假装玩伴不同，它们已经脱离了现实。医生、同伴和陌生人经常贬低我的身体和动作，每逢有人盯着我看，我都会感到深深的恐惧。但现在我提醒自己，像杰夫和佩琦这样的经历已经成为过去。

"加油，"我心底的声音鼓励着我，"放下你的担忧。"放松得越快，恐惧也会消失得越快。我首先给了观众一个微笑，接着笑着看了看我的狗。我命令他坐下，演讲便开始了："嗨，大家好！今天很高兴见到你们。我叫莉娅，这是我的搭档斯拉格。”

听我说到他的名字，斯拉格竖起耳朵，把头转向一边，盯着我看。继续之前，我迅速冲他笑了笑：“斯拉格很高兴来到这里，他有一些非常重要的事情告诉你们。你们看，他不是一只普通的宠物。斯拉格是一只服务犬。这就是为什么他戴着牵绳。”我停了下来，伸出左臂，手掌向上，抬起了手。

看到这个动作指令，斯拉格站了起来。他一动不动地站着，任凭我伸出手解释他的工作服——“请勿触碰”、带拉链的侧袋和棕色皮革行走带的不同功能。

“就像警察会戴着帽子、穿着蓝色西装做到醒目一样，服务犬穿上这件制服，就是告诉你们他在工作。”我说道。

我示意斯拉格再次坐下。接着我宣布：“我患有一种叫作脑瘫的疾病。我的腿和手不能像其他人那样工作，所以我在做一些事情时会遇到麻烦。”

是斯拉格让我不脸红便能信心满满地说出这些真相。这种自信是我们合作伙伴关系的一个好处。对我而言，它和斯拉格给我的生理帮助一样重要、一样强大。

尽管如此，斯拉格的任务表现依旧令人印象深刻，现在，我的年轻观众已经迫不及待了。我换了一种亲近的语气："知道吗，每个人都会面临挑战。我们今天在场的所有人在生活中都有困难或令人沮丧的事情，不是吗？"

"数学作业！"一个小男孩喊道。

一个戴着红色眼镜的女孩说："突击测验！""我弟弟！"另一个人喊道，"他已经两岁了，实在是让我痛苦不堪！"

"都是好例子，"我说，"我要告诉你们一个秘密。有时候，当我的身体不能做我想做的事情时，我会感到非常非常生气。"我把脸扭成一个皱着眉、傻傻的表情，直到观众们突然爆发出笑声。"诀窍——打败任何挑战的真正诀窍是找到一种创造性的解决方式。这就是斯拉格来到这里的原因。让我们看看他是否准备好向你们展示这个诀窍了。"我伸出手，拍了拍我的狗，"准备好了吗，男孩？"

经过与我多年来的合作，斯拉格已经明白"准备"这个词的意思了。他眼里闪着光，满怀期待地看着我。突然，我打了一个响指，给他传达了一个"犬吠"信号，他服从了我的指令。

他深沉的声音回响在整个礼堂中，碰到墙壁上装饰着鲜艳色彩的学生艺术作品，来回反弹。这里尊崇的是安静，但斯拉格服从命令的犬吠声令人既惊讶又欢欣鼓舞。

“哇！”一个孩子惊呼道。他把头往后仰，凝视着天花板，仿佛斯拉格的叫声会在那儿留下一条明显的痕迹，就像飞机在天空中画线一样。

“哇哇，他叫了。”一个小天使般的女孩对她的同学喊道。我可以想象，当她吆喝前排插队或是提醒忘记将桌椅放回原地的同学时，她一定也是用同样的语气。

我举起手来，又说：“好吧，伙计们，停停。我知道在学校里不能养一只大吠狗。但是，根据训练要求，斯拉格只能为一个原因大叫。在我独自一人需要他人的帮助时，我会让斯拉格吠叫，直到有人过来帮忙。他既能理解手势，也能明白话语，这样我可以在需要时得到帮助。你们肯定已经发现，像斯拉格这样的服务犬必须非常聪明。事实上，斯拉格学习了两年。首先，他必须掌握诸如来、坐、跟上、坐下等基本的东西。在那之后，他的训练师薇琪教给他如何执行特殊的服务任务。”

深吸了一口气，我继续说道：“由于脑瘫，我放弃了很多东西。我也很难弯腰捡东西。是斯拉格为我解决了这些问题。”

为了演示，我从裙子口袋里拿出一支笔，举了起来：“这支笔很小，你们可能看不清，特别是礼堂后面的孩子们。不知道前面有哪个视线敏锐的朋友，可以让其他人知道我手里拿着什么吗？”

第一排的一个小女孩细声地说：“这是一支墨水笔！”

“谢谢你，鹰眼。”我将笔丢在地上，然后指示斯拉格捡回来。在斯拉格将捡回来的笔吐到我的手中时，我们的年轻观众一直静静地看着。当我再一次举起它时，他们爆发出狂热的欢呼声。

“难道你们不觉得我的伴侣应该为他的辛勤工作获得奖励吗？”我问道。

孩子们回以同样的热情：“是的！”

我拉开皮钱包的外层，从里面取出一块奶酪，剥掉外面的塑料包装纸，从里面掰下一小块儿奶酪。“斯拉格，坐下。”我的狗立即屁股着地。他的尾巴晃得嗖嗖作响，嘴角露出了口水泡。

我再次问观众：“你们最喜欢的食物是什么？”

“奶酪加量的比萨！”有人喊道。

“汉堡！”

“巧克力冰激凌！”

“哇，你们说得我都饿了！”我开玩笑地说着，“好吧，斯拉格最喜欢的食物是奶酪。他喜欢任何种类的切达干酪、瑞士干酪、三明治奶酪。我现在给他一块儿奶酪，这样他就能知道他成功地完成了刚刚那项艰巨的任务。”

我把一小块奶酪放到手心中，接着递给了斯拉格。他伸出湿漉漉的舌头舔了一下。我咧嘴一笑，在裙子边儿上擦了擦手，看着这一切孩子们哈哈大笑。

“不过严肃地说，这就是斯拉格学习的方式。这是他的训练师采用的积极奖励。每当斯拉格做正确的事时，我都会称赞他，并给他奶酪。斯拉格和我是一个团队，我总是随身携带奶酪。这就像是种可以吃的感谢一样。”

我笑着深吸了一口气，继续说道：“信不信由你，服务犬可以学会多达五十个词。例如，斯拉格知道我每天使用的不同物品的名称。让我给你们演示一下。”我打开斯拉格身上的包，从里面取出一把梳子、一个空药瓶和一个旧的电视遥控器。这些都是用来展示的物品。在将它们放在地板上之前，我一个个地举起来让观众们看清。拉布拉多的尾巴发出了嗖的一声。虽然他不知道我会让他先拿哪一个，但他喜欢展示这个技能。“斯拉格，”说罢，我停顿了一下，为观众和我的狗建立了悬念，“药丸！”他迅速浏览了一遍地上的物品，接着含起空药瓶，放在我的手心里。

“干得不错！”孩子们欢呼时，我大声说道。接下来，他又取回了梳子以及我最后要求的遥控器。“斯拉格似乎最喜欢给我拿这个！”说着，我从他嘴里拿出黑色的遥控器，“可能是因为他总是拿着遥控器把频道变成动物星球吧！”

孩子们大笑起来，我抓住机会来奖励我的狗，并把我的手机从斯拉格的包里拿了出来。手机的侧面连着一根塑料手柄，这样便于我的狗携带。我指示斯拉格待在原地，接着把手机放在舞台尽头的桌子上。随着礼堂里的笑声逐渐安静下来，我说道：“斯拉格也会为我拿回手机。很快你们就会亲眼见证了。”说罢，我回到座位上。我的狗把头垂在我的左脚上。他自然而深情的举动不禁让礼堂里的每个人发出“啊”的惊诧声。

“真可爱啊！”有人嘀咕道。

他对我而言的重要性远不止于此。斯拉格用简单的姿势肯定了我们之间深厚的友谊。在我学会自信前他首先对我予以信任；现在，他无条件的爱激励着我，帮助我战胜身体的禁锢和情感的斗争。虽然要想表达我们的深厚友谊并不是件容易事，但我依旧会竭尽全力。

“今天我们一直在谈论斯拉格多么聪明，讨论他能听懂多少话语。他也非常关心我，照顾我。他明白真正关心某人就意味着坚定不移地陪伴。无论何时何地，只要我有需要，我都可以依赖他。作为受过专门训练的伙伴，他和我一起去了其他狗不会去到的地方。当然，他在家也会帮我，当我工作时、购物时、看病时、吃饭时，他都会帮我，就连我出来见你们这样的观众时也是如此。他甚至……”

斯拉格突然从我的脚上抬起头，打了一个响亮、怪声的哈欠。他很无聊。我被看扁了。孩子们正笑得热火朝天。“我收到了消息，”我笑着说，“说得太多，做得太少。让我们解决这个问题吧。”

礼堂里歇斯底里的大笑渐渐消退，这时我对斯拉格说：“给我拿电话来！”

斯拉格瞬间穿过舞台。到了桌子旁边，他用后腿站立，把前爪放在桌子上，他向前伸了个爪，握住了手柄。斯拉格没有接着回到我身边。我的拉布拉多竟然在舞台上蹦蹦跳跳。电话在他的嘴上晃来晃去，那节奏正好完美地匹配了他摇摆的尾巴。

“斯拉格。”我抬高了声音，盖过了热情的鼓掌声。斯拉格乖乖地将手机放在我的膝盖上。“谢谢！”我接过手机，接着让斯拉格站起来。现在我们俩面对面，温暖但有点臭的狗嘴巴呼出的气，被我吸到了鼻子里，我也很高兴可以与斯拉格建立亲密的关系。我先是给了斯拉格一个大大的拥抱，接着才让他坐下。

我让一个老师把距离舞台最近的一扇门打开，我准备展示最后一项任务了。我伸出手，对大家说：“最后，孩子们，我要让斯拉格离开舞台，给你们演示一下关门任务。”

“他不会逃跑吗？”一个孩子急切地喊道。

“不会。斯拉格现在正在工作，无论我有没有牵着绳子，他都知道我们是一个团队。”现在我让我的狗站起来。我弯腰向前，这样会离斯拉格更近一点儿。我温柔地说道：“好吧，孩子，你准备好了吗？”拉布拉多慢慢晃了晃尾巴。他明亮的眼睛聚精会神，眼神里充满着警觉。当我朝着敞开的门打手势时，他的双眼跟着我的手。“斯拉格，去吧！”

这条大狗有目标地穿过舞台，走下台阶。他小心翼翼地经过那些被他吸引的孩子，完全没有分散自己的注意力。他正在执行任务！

当他到达敞开的门时，斯拉格站在门后，用鼻子用力地关上了门。门砰的一声关上了，关门的声音响彻整个房间。少数几个吃惊的孩子先交谈了起来，接下来其他的孩子也惊讶地喊起来，礼堂里充满了孩子们的尖叫、笑声和掌声。斯拉格对自己的表现非常满意，他转过身回到我的身边。

“哦，你做得太棒了！”我拿起他的狗绳，奖励了他一大块奶酪，还挠了挠他的耳朵。

现在我对观众说：“我们的时间快到了。今天已经介绍了很多，不过你们想知道的可能会更多。你们有什么问题吗？”

孩子们举起手，礼堂里到处是举手的唰唰声。“你来！”我指着一个蓝眼睛的卷发小家伙。

“你怎么知道你的狗什么时候要小便？”他疯狂地脱口而出，好像这是一直困扰年轻的他的问题。听他问到身体功能，其他孩子咯咯地笑了起来。

我很久以前就知道，在大多数人最想知道的有关服务犬的十件事清单上，这个问题一直久居其上。我点点头：“问题不错。让斯拉格感到舒适和快乐至关重要。在我们一起工作前，我总会带他到外面休息一下。如果外出时他需要方便，他会蹭我的手告诉我。一旦找到一片他可以方便的草地，我会让他去方便。”

接下来更多的问题涌了过来。我发现，我竟然说我的狗喜欢猫，这可是与人们的普遍认知截然相反的。他也从不咬人（即使有人惹恼了他），在家的时候，他无论是玩耍还是一举一动，都与普通的狗无异。一个有洞察力的孩子问道：“因为你们与众不同，会不会有人对你们恶语相向？”

最后的这个问题点燃了我许多严肃的回忆。但是现在，我向下伸出手，摸了摸斯拉格的头。他看着我的眼睛，摇着尾巴，给我最亲密无言的肯定。

“当然，”我回答，“我觉得每个人都会有类似的经历。当这种状况出现时，我们要记得拥抱差异。自信并成为最好的自己至关重要。其实，这就是斯拉格的意义所在：他帮我创造性地解决问题，这样我才能做到最好！”

我从椅子上慢慢站起来。在没有提示的情况下，斯拉格一丝不差地跟在我的脚边。“非常感谢你们今天让我们来此。”我说道，“斯拉格和我真的很享受与你们在一起的时光！”

学校校长来到舞台上和我们站在一起。她温暖地笑了笑。“真的，我们从你们俩那儿学到了很多。孩子们，他俩是个伟大的团队，你们说是吗？”她问道。

数百名学生齐声说道：“是的！”

“你们想对布里尔女士和斯拉格说什么？”

就像一场突如其来的夏季暴雨一样，孩子们如雷般的“谢谢”在礼堂里流淌，随后又出现了疯狂的掌声。我点点头，挥了挥手。当我们穿过舞台走下台阶时，掌声伴随着欢呼声响了起来。“该走了！一切都好！”

一位老师在礼堂出口附近等着我们。“真的，”说着，她双手握住我的手，“真是太令人难以置信了！”

“谢谢，很高兴您这么想。”我回答道，“当然，这少不了顶尖的合作伙伴。”我低头看了看我的服务犬，微笑着。

这个崇拜者的目光跟随着我，现在她也笑了：“斯拉格真的很棒，对吧？”

“的确如此，”我说，“他真的很棒。”

第十五章　决定与春风得意

退休——一想到这个问题我的胃就会一阵痉挛。让我害怕的不是我自己的退休，而是斯拉格。我们卓越的伙伴关系改变了我的生活；改变这种伙伴关系的想法是如此痛苦，我压根儿不允许自己去想。然而到2001年年初，当斯拉格10岁时，我别无选择。

几年来，我辛勤工作的拉布拉多犬一直在治疗后肢的轻度关节炎。马克·芬克斯博士，斯拉格的兽医，是我们的朋友，也曾在圣弗朗西斯董事会任职，他为斯拉格开了维生素补充片缓解他的症状。

庆幸的是，这些药片似乎减轻了斯拉格臀部的僵硬问题。

由于药片有种退潮时沼泽一样的味道，我只需要喊出“药丸时间”，斯拉格就会在瞬时出现在我身边。我怀疑他是否意识到他每日药片的药用价值。对他来说，它们似乎只会发出诱人的臭气！

然而最后，就算是那些深受喜爱的有效补品也无法阻止时间的影响。X射线结果显示斯拉格臀部的关节炎已经从轻度发展到了中度。

“这是可以治愈的。”我和芬克斯博士站在罗阿诺克动物医院的检查室里，他轻声对我说道，“对普通宠物来说，这不算是真正的大问题。但对一只工作犬来说…… ”

我看着我的大黄狗，他站在闪闪发光的金属检查桌上，摇着头喘气。接着我看了他的臀部骨头的造影片子。虽然没经过专业学习，我依旧可以分辨出关节炎的存在。“这有点奇怪。”说着，我突然对喉咙里的肿胀感到恼火，“当我们一起工作时，他似乎很好。不过我注意到他有时候会感到疲惫，有时候我们都走得比往常要慢，但他从不会表现出不愿走路或有任何拒绝工作的意思。我的意思是说他从不会表现出他的痛苦。”

“是的。”芬克斯博士的语气很温柔。他似乎同时在对我和我的狗说话，“斯拉格不会的。当他和你在一起时，他专注于自己的工作，而不是他的痛苦。不幸的是，这并不意味着疼痛不存在。”医生亲切地握住斯拉格的下巴。

“的确，我懂你的意思。”我想起了在我意外伤害他时，他也拒绝打破工作模式。现在我可以放声哭泣了。我很清楚地知道，如果这让他痛苦，我不会让我心爱的服务犬继续为我工作。

多年前，斯拉格的训练师薇琪把他交给了我，告诉我：“你们两个要互相照顾。这才是搭档的意义。”当时我还没有完全明白她的话语。现在我懂了。“因此，我必须替斯拉格着想，为他做出这个决定，是吗？”

“我不能告诉你该做什么。”芬克斯博士回答说，“但如果他是我自己的狗，那我会这么做。当然，他依旧可以帮着在房子附近做些更轻松的任务，而且偶尔出去也应该没问题。但是我想说的是，斯拉格应该开始享受他的退休生活了。”

当我离开诊所时，我无法与X射线结果或是芬克斯博士的善意指导争论。斯拉格该退休了。我的心则是另一回事。

我把斯拉格放在后座上，我用面巾纸擦了擦脸，然后坐进驾驶座。回家的路感觉比兽医办公室和我家之间的实际里程要长得多。在我开车的时候，悲伤的波浪冲击着我。

“哦，贴心的小狗。”我从后视镜中看着他说道。他感觉到我激动的情绪。他坐起来，竖起耳朵，带着一种强烈的表情盯着我，好像在问，怎么了？

我在红灯处停了车。一辆面包车停在我的车旁，面包车上的年轻乘客在脏污的车窗后盯着我看。我抓起皱巴巴的面巾纸，轻拍了拍眼睛，但不知为何，这个动作为我带来了更多的眼泪。

“现在我们必须做些调整，斯拉格，你得知道，这么做是为了你好。”当灯光变绿时，我说道。路口停止的车辆悄然向前。“我不会让你做太多工作。我们也不能像之前一样频繁外出。天哪，我多么希望一切可以如常，但是一想到会让你感到痛苦，我便无法让你帮我。我太爱你了，我不能那么做。你可以理解我，对吗？”我不知还能如何表达，我没有更多的力量说更多的话。当时，听着斯拉格气喘吁吁的呼吸声，我抽泣起来。

那天晚上，我与普拉诺夫讨论了斯拉格的看病结果。“他是时候休息了。”我试着让自己语气轻松些，不只是为我，也是为了减少普拉诺夫的难过，“或许我应该考虑他荣誉退休的时间了。”

“好吧，如果有哪只狗可以荣誉退休，那肯定是斯拉格。”

听到我丈夫声音中那自然流露的情感，我感到泪水再次从我的眼中涌起。普拉诺夫递给我一张纸巾，很长的一段时间里，我们俩都静默无言。

最终，斯拉格似乎认为到了活跃气氛的时候。他抓住了他最喜欢的玩具之一——一个破烂的小熊维尼。然后他小跑到普拉诺夫面前，把它放在他的膝盖上。

这个动作让我们大笑。它也表明，虽然未来会有重大调整，但有些事情不会改变。对于斯拉格来说，今天只是与我闲逛的另一天，我们要充分利用每一刻。他显然认为这一刻非常适合游戏。

普拉诺夫拿起那个臭烘烘的小玩具，接着把它扔了出去。斯拉格被他飞舞的熊迷住了，他弓起前腿，发出了一长声美妙的嚎叫："哦——"

"听起来好像是有了填补退休时间的好点子！"普拉诺夫说。

的确，在接下来的几个星期里，斯拉格经常跑到普拉诺夫和我的身边，给我们递过一只玩具，和我们玩一会儿取物或托物游戏。他似乎对退休后的轻松节奏感到高兴，尽管他还是会亲自捡起我在房子里丢下的东西。

他还喜欢帮我洗衣服。我会把一条拉带系在洗衣篮的一端，斯拉格喜欢把它从洗衣机旁拖过来给我。现在，为了让这项工作变得更轻松，我只需要把斯拉格拖到中途的衣服拿到房间里去。斯拉格很喜欢在洗衣日那天，在房子里跳来跳去，把他轻便的货物拖到目的地。

在他退休前不久，我也决定改变自己的生活。我发现我的残疾程度更为严重了，在困难的日子里，我会坐在轮椅上。虽然我喜欢与罗纳德·麦当劳之家的工作人员、志愿者和客人一起工作，但我决定专注于写作。

幸运的是，这意味着我不必每天都外出工作，把斯拉格自己留在家里。在我写作的时候，他会蜷缩在我的电脑桌下，为我以狗为主题的故事提供灵感，偶尔也会让我在工作时做必要的休息。

与斯拉格在一起的时光给了我一种宽慰，虽然我们的伙伴关系不同以往，但依旧坚实不变。我总会让他快点儿跑过来，但我总会避免让他长时间跑步，以减少对他造成的压力。当我们不得不分开时，我会努力减少分离对斯拉格造成的影响。我会邀请他跳到沙发上，在我出门之前同他拥抱。

普拉诺夫给我提了一个明智的建议，让我把一些狗零食放在前门旁的桌子上，每当我独自出门时，我便会从中抓出一块巨大的牛奶骨头。我会把骨头递给他，向他保证："贴心的小狗，我很快就会回来。一会儿见。"

这种外出仪式帮我减轻了独自出门的内疚。令人高兴的是，它似乎也能让斯拉格满意。虽然我一开始以为他会趁我离开，一头扎进附近的垃圾桶里，不过斯拉格现在很少再去做这些滑稽的动作了。

相反，他选择在安静的房子中，在我的床上伸展身体，小憩一会儿。

我很高兴斯拉格愿意放松一下。然而对我来说，单独外出既沮丧，也困难重重。我常会在走路时拐着木头手杖，然而比起我信任的犬助手，木拐杖不仅麻烦，效率也不高。

我经常绊倒，撞到不同的东西或是人，我变得越来越疲惫。虽然我的轮椅在我双腿特别颤抖的日子里有所帮助，但每当斯拉格不在我身边时，我就感到孤独。

经过一家繁忙的杂货店时，我试图集中精力购买我清单上的物品。在我思考洋葱、纸巾、洗手液和海鲜是否打折的时候，如果我想得更多，我会感到一阵痛苦的空虚感，好像我的身体失掉了一部分。

几个月过去了，虽然斯拉格适应了他慢节奏的新生活，并且比我预想的更为顺利，但我依旧失去了我的身体安全以及与工作犬一直保持的友谊。我知道，我可以带一只年轻的服务犬回家，让他和退休的斯拉格一起生活；很多人，包括我的朋友卡罗尔，都选择这样做。我的脑海里小心翼翼地慢慢出现了这个想法：我应该再选择第二只狗吗？

起初，就算是问这个问题都会让我感到内疚。我担心与小狗建立新的工作伙伴关系会背叛我与斯拉格的关系。然而，我也知道，我所需的便利只有服务犬伙伴关系才能给予。

我不知所措，只能向那些与我亲近的人倾诉——普拉诺夫和卡罗尔。普拉诺夫感觉到了我的两难困境。他全心全意地听着，不会强迫我做任何决定。他承诺道："养两只狗可能会有点儿麻烦，但如果你有需要，我们总会有办法，我会支持你认为最好的选择。"听到他的保证，我感激他的理解。

之后，在闺密卡罗尔的帮助下，我做出了这个选择。一种不确定的感觉将我撕裂，一天下午，我打电话给她，泪流满面地承认了我的内疚和需求之间的冲突。她用安静舒缓的语气说道：“莉娅，你觉得，斯拉格知道你对他的爱就像他爱你一样吗？”

“是的。”我回答。

“既然如此，你不觉得他也希望你得到最好的吗？”

“当然。”

卡罗尔放慢语速提出了最后一个问题：“你有没有停下来仔细想想，斯拉格会不会愿意另一只狗参与他的生活？”

“噢，我的上帝。”我说道。突然，我意识到我一直从负面的角度看待这个问题，好像把第二只狗带进我的家便会让他以某种方式取代斯拉格一样。

卡罗尔的话让我有机会从不同的角度看待这个问题。我笑了笑：“你说得没错！也许斯拉格会愿意。毕竟，在我与普拉诺夫组成家庭时，他发挥了重要作用。如果存在有权监督新成员加入的狗，那只能是他！”

“我敢说他也会成为一只小狗的好老师。斯拉格教授！”卡罗尔笑了。

我感谢了她，当我挂断电话时，我也笑了。

几个星期以来，我一直在思考卡罗尔的话。想得越多，我就越坚定。我希望我挚爱的拉布拉多犬和我的第二只狗——无论结果是哪只——可以认识彼此，成为对方生命的一部分。毫无疑问，这只小狗会从斯拉格那里学到很多。现在，我有预感，小狗也会照亮斯拉格的日子。

到了夏天，我们的三口之家已经做好了壮大的准备——我们正式准备增加一个会摇尾巴的成员。不幸的是，我收到了关爱伙伴犬解散的消息。想起薇琪和希尔维亚给我的生活所带来的改变，我便感到遗憾和悲伤。

然而，我知道圣弗朗西斯服务犬的训练师可能也会帮助我。自从参与基金会以来，我在他们的计划中遇到了许多狗。

这些动物很漂亮，很有礼貌，也很专业。能和其中的任何一只狗合作都是一种荣幸，想到这儿，我与几位培训师进行了交流并提交了申请，我就这样成了第二只服务犬的候选人。

一个下午，训练主任凯伦·霍夫来到我家进行必要的筛选面试，我感到紧张。作为基金会筛选委员会的成员，我基本上知道我们的访问会有什么问题。

我们回顾了我的具体身体问题和需求，讨论了我的生活方式，并谈到了让我最舒服的狗的种类。尽管如此，我还是担心要找到一条可以和我一起工作，并能与退休的服务犬共处一室的狗特别困难。

“这听起来有点像打退堂鼓。”当凯伦和我坐在起居室里聊天时，我怯懦地说道，“但是一只狗如果适合我，那么他得与斯拉格合得来。在某种程度上，我希望他可以适应我和斯拉格，你知道吗？”

“当然，”凯伦和蔼地说，“这是应该的。我们所做的任何配对都必须适合所有——无论是人还是狗！”

凯伦的理解减轻了我的焦虑，我也很感激她在会谈结束时所做的承诺。“你已经与斯拉格合作多年，现在你需要第二条服务犬来接管他的工作职责。”她说，“我会尽快为你找到最合适的服务搭档。”

“谢谢你，凯伦，听起来不错。”我回答道。但当我走到门口时，我脑海里的声音说，即使有了她的努力，你最好还是准备好等待：服务犬——特别是完美的 ——可不是从树上长出来的。

不久之后，我便发现即使他们没有从树上长出来，完美的服务犬也可能会非常可爱地坐在树下。正如她所言，凯伦迅速落实帮我找到了第二只服务犬。

在我们见面后的短短几个月里，我的眼前便出现了我所见过的最亲爱的小狗之一。芬克斯博士和他的妻子贝丝将这只名叫肯达的小狗捐赠给圣弗朗西斯服务犬组织，肯达是只黄色的拉布拉多犬，她刚刚两岁。

现在，她正坐在她的训练师由米兹旁边。当我匆匆穿过院子走向她们时，她们正在一棵参天大树的树荫下等待着。

“嘿，那里！”由米兹开朗的问候很熟悉。在决定见面前，我们已经多次通过电话，确保斯拉格和肯达愿意相见。

一开始，我想花几分钟仔细看看这只小狗和她的训练师。在这期间，斯拉格必须在屋里等着。我确信，他瞬间便会喜欢上由米兹，毕竟她的个性讨喜，还有无尽的狗食。但他对肯达会有什么看法呢?

如果我可以用哪个人来形容我初见肯达时的感觉，我会说肯达就像奥黛丽·赫本。但我认为这种形容对我刚见到的人来说，可能听起来很怪，最后我只是说:“哦，我的天哪，由米兹，她真可爱！”

我伸手拍了拍她，她摇着尾巴，抽了抽她瘦小的鼻子。当她轻轻地上下嗅我的手时，她长长的胡须刺向我的皮肤。我注意到她的那些胡须蜷缩在嘴巴的两端，看起来好像是为了让肯达看起来最可爱才选择的风格。

她闪闪发光的眼睛被完美的黑色轮廓勾勒出来。我对着由米兹咧嘴一笑：“看起来为了这次会面，你特地给她画了眼线！”

“肯达是自然美！你能想象这么美的她竟然没当上老版杂志的封面女孩吗？”她的训练师哈哈大笑。

几分钟后，当我把斯拉格带到外面的时候，他显然没有对肯达可爱的眼睛、卷曲的胡须，或是她外表的任何其他方面表现出任何兴趣。他毕竟是狗——他的唯一兴趣是她的气味。

由米兹把肯达的工作包取下来，我的狗把鼻子贴在肯达的屁股上。不久之后，两只拉布拉多进行了一次嗅探、腾跃、转圈儿的例行程序。由米兹和我一致认为应该给他俩来点儿音乐。

令人高兴的是，这两只狗都没有感到沮丧。他们嘻嘻闹闹，相互蹭来蹭去。兴奋的肯达从心底发出了一阵呜呜声！就在那时，我发现小狗的声音与她的外表并不完全一致。当然，她看起来像奥黛丽·赫本，但她丰满、爵士般的声音更接近于艾拉·费兹杰拉！

当斯拉格跟这个声乐女孩完成一次、两次、三次交流后，他向由米兹申请了一块零食，接着趴在了我的脚边。肯达在她的训练师的身旁安静下来。和她身体的其他部位不同的是，她那比斯拉格还大的耳朵竖了起来，她环顾四周，脸上好奇的表情似乎在问，现在要做什么？

两只狗成功地自我介绍后，由米兹和我把他俩都带进了屋里，我们在里面聊了一会儿。斯拉格躺在蓬松的格子垫上，普拉诺夫和我把这块垫子称为“沙发床”。从这个角度来看，他可以很容易地观察客厅、厨房和正门的情况。

现在，他正把他的小熊抱在两只前爪之间，他的目光从我移到肯达、由米兹，最后又到我身上。由米兹从她的车上拿过来肯达的一个玩具，肯达坐在玩具上面，她脸上挂着的兴趣不禁让我想起了一只母狮坐在她杀死的猎物之上。

“好亲切！”我说道，“她真的要追求那个……啊，那是什么？”

“哦，她有一只尼龙狗飞盘。她喜欢那些东西！”由米兹伸手向下抚摸着肯达的耳朵，“在此之前她摧毁了两个！”好像要证明这点一样，肯达抓住玩具的一个边缘并猛拉它，接着我便听到了一阵响亮的声音。

由米兹翻了个白眼。“我努力教她不要破坏玩具了，但有时她还是控制不住自己的所作所为。”她伸手说道，“肯达，给。”这只小拉布拉多立刻放弃了她的玩具，现在这个玩具已经变得支离破碎。“你难道不觉得她的陪伴会更长久吗？！”由米兹把那条袋子状的东西塞进她的钱包里，肯达若有所思地盯着她。

最终，没有玩具的小狗觉得无聊至极。她站起来，在起居室里嗅了嗅，接着走进了厨房。我微笑着看着这只苗条的小狗在屋里子探查。尽管她与斯拉格的品种相同，但她看起来与结实的斯拉格完全不同。

斯拉格的皮毛厚而蓬松，肯达的毛光滑而略显粗糙。她的尾巴比斯拉格要翘，头部比他的要小。虽然斯拉格的经典外形很有辨识度，但我不得不承认这个新的小拉布拉多颇有魅力。

在此之前，我一直担心我可能会不自觉地期待第二个工作伙伴像斯拉格一样。不过和肯达待了一小会儿之后，我发现自己之前的担忧完全是多余的。肯达要做的就是自己！

可怜的是，她现在是只没有玩具的小狗。她多次从斯拉格面前跑过去，在他面前跳来跳去，腼腆地盯着他。最后她终于鼓起勇气，摇着尾巴靠近她的前辈，边嗅着边向斯拉格的宝贝小熊跑去。

斯拉格发出一声低沉、严肃的咆哮。

肯达抬起头，但她没有离开。

如果说斯拉格的第一声咆哮是狗狗版本的“想都别想，傲慢的家伙”，那么他的第二声咆哮的意思更是显而易见：“我说了不行！”

由于担心出现争吵，我睁大眼睛看着由米兹。“他们没事。”她平静地说，“得让他们按照狗狗的方式解决问题，这很重要。”

值得庆幸的是，肯达这次似乎同意了他的要求。她退缩了，接着转过身，若有所思地走进厨房，仿佛想起那儿有什么需要现在检查的东西一样。

“斯拉格刚刚给你上了重要的一课，要明白界限的存在，对吧，小女孩？”当她回到起居室时，我拍了拍她。小拉布拉多用舌头轻轻地舔我的手心。

毋庸置疑，这不是肯达在斯拉格那儿学到的唯一的课程。

第一次见面后，她和由米兹会定期拜访我们的家。在我和肯达以及她的训练师一起工作时，虽然斯拉格有时不得不在卧室里啃着骨头放松，但他并没有辜负卡罗尔给予他的头衔。

有一天，当由米兹协助我和肯达做取物练习时，斯拉格教授也“亲爪”帮助。像斯拉格一样，肯达也接受过训练，知道根据命令戴上自己的狗绳。但是在这一天，这只犀利的幼犬比往常松散，注意力也不够集中。

我把斯拉格放在他的沙发床上，我知道他的存在可能是她分心的原因。尽管如此，我也希望在这样的时候可以小心地让他参与其中，这可能会有助于两只狗彼此适应他们的新角色，更好地相处。

肯达完成了两次成功的拾物训练——将她的狗绳从地板上叼起来，然后把它放在我的手中——听到由米兹说，“把它放在高处”，她把皮带放在了附近的咖啡桌上。

我给她下了一个命令：“肯达，狗绳！”小拉布拉多看看我，又看看地板，接着再次看着我。之后她摇了摇头，这一晃皮带也掉了，关注点也没了。晃完头，她开始上下跳跃，后来也是因为这个动作，我给她起了个绰号叫猫鼬。

斯拉格好像对他的继任者的滑稽动作丝毫不感兴趣，他慢慢从床上爬起来，缓缓走到咖啡桌旁，一下子咬住了肯达的皮带。由米兹和我惊愕地看着他走向肯达，将皮带放在她弹跳的身体前。

那只小狗接了起来。把皮带放入我的手中之前，她自豪地摇了摇头。

“这就是我所谓的严肃的团队合作！”我弯下腰，先抱了抱斯拉格，接着又抱了抱他那个扭来扭去的徒弟。

当我与肯达的团队合作不断强化时，我们两个人参加了基金会的每周小组培训课程。之后我们开始在公共场合工作，在商场和餐馆与由米兹见面。

虽然斯拉格无法继续参与这些外出活动，但我依旧可以感受到他的存在。早在他帮助肯达拾起皮带前，他就教会了我与服务犬建立伙伴关系的基本要素。我与他分享的胜利和失误都成了我与新犬伴工作关系的宝贵经验。

谨记这些经验，我可以放松心情，享受与肯达相知相识的过程。很快我便发现，肯达是个思想家——当我要求她用鼻子按电梯或从药房拿走我的处方时，我甚至可以看到，她的大脑进入了问题解决模式。

甚至在我下命令前，她便能表现出某些有用的行为。肯达也非常敏感，这一点远远超过了她的前辈。

虽然这意味着她的合作意识很强，也易于合作，但也意味着我在工作时必须习惯她这种不冷不热的互动。值得庆幸的是，像斯拉格一样，我的第二只服务犬聪明且勤奋。因此，在由米兹的指导下，肯达和我最终找到了自己的工作节奏。这种节奏既流畅又独特，虽不同于我与斯拉格相处的方式，但这种变化贴心而甜蜜。

肯达和我在那年的11月毕业，尽管我们的官方培训已成功完成，但我们和斯拉格教授的家庭课程依旧要继续，至少要比官方结业长一点儿。

在肯达抵达后的第一周的一个清晨，当我醒来时，映入眼帘的是那两个呼吸起伏的棕色大鼻孔。我已经对它习以为常。像往常一样，斯拉格的头靠在床边，不过今天早上，他觉得只要胡须碰不到我，把鼻子放得离我的脸近点儿，我就能更早地给他挠耳朵。

他想得没错。半睡半醒的我喃喃道："嘿，伙计。"我伸出手指，开始给他按摩。当我的黄色家伙在恍惚中享受时，我注意到了一阵颤动。

肯达站在斯拉格身后，竖着耳朵，尾巴晃来晃去。我昏昏沉沉，睡眼惺忪，完全没意识到她在那里。“嗯，早上好，小姑娘，”我对她打着招呼，“看起来你们俩都在这里。”

我可能喊了一声：“准备好了，开始吧！”斯拉格突然退开，从地板上抓起一只袜子，然后狂奔出了房间。

看着他的日常袜子游戏，我哈哈大笑，但可怜的肯达不得不在斯拉格冲过时让出空当，她看起来依旧很茫然。她瞥了我一眼，甩了甩头，跟着斯拉格小跑出了房间。

我开始意识到，我可爱的小女孩求胜心切，非常要强，与我大相径庭的是，她显然不想错过斯拉格教授的早课。

我可以肯定的是，肯达在那堂课上一定获得了高分，因为第二天袜子上的线竟然有点儿扭动。斯拉格刚抓住床边的袜子，他的候补队员便跑进来，抓起了袜子旁的运动鞋！

两只拉布拉多从房间里冲了出去。我静静地待了几分钟，听着他俩苦乐参半的声音——疾驰的斯拉格发出的砰声，夹杂着着急的小狗爪在地上留下的匆忙声。

斯拉格的步态犹豫不决，显然他的关节炎正在恶化，11岁的他视力也开始下降。芬克斯博士向我保证，这些变化是自然衰老的结果。看到他的衰老，我感到痛苦。

当我带着两只狗出去玩拾物游戏时，我会把肯达的玩具扔到院子对面。扔斯拉格的玩具时，我会收气力，把它扔向草坪最平坦的地方。作为一个拾物的狂热分子，我的斯拉格依旧会在每次游戏中竭尽全力。

在他心爱的小熊维尼飞出后，他会马上追出去，带着熊气喘吁吁地回来，脸上的表情似乎在说，再来一次？不过自从肯达加入我们的家庭后，我便教两只拉布拉多学会轮流游戏。等肯达叼着她最喜欢的玩具鸭回来后，我才会再次把熊扔出去。

这种有序的游戏方法避免了混乱和潜在的混战。幸运的是，两只狗都愿意遵守规则——不过好景不长，很快我就得说，“这是斯拉格的”，或是“轮到肯达了”。听着我的命令，另一只拉布拉多才会让开路，等着属于自己的投掷。

有一天，在游戏过程中，我不小心把斯拉格的玩具扔进了院子里。我的老狗朝着投掷的方向跑了几步，便停了下来。他竟然看不到几英尺外的草地上躺着的毛绒玩具。看他困惑的表情我很难过，我对他喊道：“没关系，斯拉格，我帮你！”

但是在我穿过院子之前，肯达开始在我旁边跳来跳去。我伸手揉了揉她的耳朵。“怎么了，猫鼬？我很快就回来，我只是去——”话没说完，我看着脚下跳来跳去的狗。

自从第一次被斯拉格吼过后，肯达再也没想过去碰斯拉格最喜欢的毛绒玩具。我想，她现在已经不打算偷熊了。她可能只是要撒尿。

“好吧，肯达，我们继续！”话刚出口，我就后悔了。她径直奔向斯拉格的玩具。糟糕，我头脑中的声音响了起来，你早就该想到！跑得飞快的小狗一瞬间便跑到了斯拉格的熊的旁边。

我以为她会抓住熊，在院子里疯狂冲刺。出乎意料的是，肯达竖起耳朵，摇着尾巴，转过身看着斯拉格。她就站在那儿看着他。她竟全然不碰他的玩具。大吃一惊的我这才意识到：她其实是想告诉斯拉格熊的位置！

斯拉格冲着肯达走去，他看了看脚下，接着拾起了自己的熊。看着两只狗一起走回来，泪水打湿了我的双眼。只要有需要，肯达似乎很乐意成为服务犬的服务犬！

那天之后，我发现每当我们出门时，她都会密切关注斯拉格。每当他无法找到自己的玩具时，她都会重复这种有效的定位方式。当这条年长的狗铺开身子睡午觉时——这些日子他经常如此——肯达竟然习惯了小跑过去，在他的头顶上给他一个温柔的舔舐。他会响应一两次，叹口气，接着再回到睡眠状态。

每次看到这一幕，我的心都会悸动。肯达似乎明白，在某种程度上，斯拉格和我都需要她的帮助。她以甜美活泼的方式，让我们知道，别担心，我一直都在！自从斯拉格的训练师首次提醒我服务犬是一只狗以来，已经过去了很多年。现在，当我与两只非凡的拉布拉多分享我的生活和内心世界时，我时常会忘记这句真理的意义。在阳光明媚的下午，我会看着斯拉格和肯达躺在草地上，为我人生中的这两个伙伴感到惊叹不已。

只是很快，我便不得不面对真相。服务犬是一只狗。狗——即使是最好的狗——也无法永生。

第十六章　重归的承诺

明亮的灯光洒在建筑物的屋檐上，落到树枝上并折射下来。花环装饰着的门以及空气中的庆祝氛围，像烤姜饼一样甜美而令人陶醉。虽然我试着融入2002年圣诞假期的氛围，但我仍无法做到。我满脑子想的都是斯拉格。

几周前他开始时不时呕吐，现在这个问题出现得更为频繁。起初，我把他的狗粮换成了米饭，试着以此缓解他的症状，安慰自己所有的狗都会生病。

此外，我内心的声音一直在说，不用太担心，他可能这时肚子疼。以前他也有过。

斯拉格假装像以往正常快乐的自己一样，用他平时的热情吃完了每顿饭。所以有一段时间，我也相信了自己找到的理性借口。不过，他之前的问题显然更加严重了。

突然，我可怜的斯拉格基本上每天都要呕吐。每次呕吐，斯拉格都好像要把自己的五脏六腑都吐出来一样。听到他的干呕我就会害怕。

假期结束后，芬克斯博士的诊所刚上班我就跟他约好了会诊时间。与此同时，我把斯拉格的床移到起居室，沙发暂时成了我的栖息之地。

这样我至少可以在夜间密切关注斯拉格的状态，并在需要时让他出去。有时他会在晚上叫醒我，焦急颤抖地咂嘴。我会从沙发上跳下来，把前门打开，这样他就可以到院子里呕吐了。

夜晚寒冷的空气在我的身边肆虐，让我内心充斥着冰冷和恐惧，我会站在门口等待我病重的斯拉格，祈祷着无论如何，请上帝帮帮我。

当斯拉格回来时，他似乎总是急着回去睡觉。他会摇着尾巴跑回屋里，径直跑到他的床上，仿佛在说，既然吐完了，我们或许该闭会儿眼了。

他最后响起的鼾声最终告诉我他已经安然入眠。但我根本睡不着。我在沙发上蜷了几个小时，看着我心爱的狗，心里一直在疑惑，努力抑制住自己想哭的冲动。

普拉诺夫和我带斯拉格去见芬克斯博士的下午，我依旧努力控制着不哭。他将我们排在新一年的第一次预约，当他仔细检查我的狗时，我的朋友脸上露出了担忧。

“斯拉格的外周淋巴结——皮肤表面附近的淋巴结——扩大了。这不是我们喜欢看到的东西，”芬克斯博士语气温和，他抚摸着斯拉格的头继续说道，“这通常是淋巴瘤的一种表现。我想做一个血液和尿液分析，以便更清楚地看到症结所在。我认为我们还应进行淋巴结活检才能确诊。”

虽然我一直在让自己保持冷静，但突然间我感到晕眩，无法呼吸。站在金属检查台旁，我用汗湿的手指紧握住它的边缘，拼命想要稳住自己，强忍住难过，努力让自己的话语保持连贯。我的嘴唇像我的脑海一样开始变得麻木。“你的意思是，你认为他可能患有癌症？”我低声说。

“对，但我还不确定。不过淋巴癌对斯拉格这个年纪的狗而言，其实很常见，由于淋巴结肿大，出现这种情况的可能性很大。你能接受的话，我想尽快给他做活检。”

“好，可以，尽快做吧。”我结结巴巴地说。

“我知道一下子很难接受。”芬克斯博士亲切地说，“明天早上7点到7点30分，你能把斯拉格带过来吗？下班前来接他即可。”

会诊期间，普拉诺夫一直默不作声。这时他说道：“当然可以！我们会把他准时带来。”他的声音嘶哑而坚定，其中还夹杂着紧张的情绪。

理顺了斯拉格的手术细节后，我们在前台支付了账单。现在我的心、我的情绪完全麻木了。我的大脑已经转变为保护模式，只能发出基本指令：把斯拉格从前门带出去；把他放到车上；让他坐在乘客座位上；放好我们明天会诊所需的文件；静静地看着窗外；不要去感知。

我的丈夫看来也很震惊。那天下午，他没有去上班，而是一直待在家里。我们基本上没有交流，甚至也没有对我们心爱的斯拉格或是爱跳的可爱的小肯达说话。我知道普拉诺夫和我应该讨论，对彼此表达某种慰藉。但是现在我只能把自己包裹在沉默之中。

随着夜晚以及不可避免情况的到来，难过的感觉又回到了我身上。这种感觉很像冬天冰冷的手指在烤火时的刺痛感，但我的内心更是痛苦万分。我睡意全无——甚至连一点念头都没有。相反，我就坐在地上，坐在斯拉格的床边。

他蜷缩在那里。他盯着我看了几次，舔了几次下巴，好似想要搞清为何今晚没有他的晚餐，为什么我现在坐在离他这么近的地方，我的手一动不动地放在他的头上。我这样坐了很长时间，一动都不敢动。

多亏了斯拉格那沉默永恒的承诺，我们的合作关系才会日益牢固。现在，我能做的只有回报那个承诺。我凝视着他美丽的脸，低声说："无论发生什么，我都会在你身边。无论怎样，我都会在这里等你。"斯拉格叹了口气，转身躺在床上。

他把头靠在我的腿上。泪水像河水一样从我的双眼中涌了出来。当我跟他说话时，我的泪水浸透了他厚厚的皮毛："明天会很辛苦，你会经历痛苦。对不起，那不是我希望的。但我能给你的帮助远远不够。你需要更多的帮助，必须做这个手术。芬克斯博士会好好照顾你。我们将竭尽所能地做到最好。我们一起。"

肯达好像感受到了这一刻的重要性和痛苦，她从自己的床上站起来，温柔地走向我。她没有像往常一样跳来跳去，而是趴在我身边，一条腿搭在我的大腿上，把自己的爪子放在斯拉格的爪子旁。我大吃一惊，同时内心感到了宽慰："嘿，小姑娘。"之后便是漫长无声的黑夜，只剩下斯拉格夜间的嘀咕、我沉默的呜咽以及时钟的嘀嗒声。

当普拉诺夫走出卧室时，我已经失去了所有的时间感。他睡眼惺忪，一脸茫然地看着我："你整晚都待在这里吗？"

我用一只手摸着肿胀的脸："是的，现在几点了？"

"五点半。我觉得应该早点起床，这样我就可以准备好去工作，还能留出足够的时间在医院一开门就把斯拉格送去。"

"对。"我咕哝着。普拉诺夫揉了揉我的肩膀，在我的头顶上留了一个吻。他给两只狗送上了清晨的挠耳朵，然后慢慢走进厨房热上咖啡。几分钟后，他从厨房里拿出一杯热咖啡递给我，我拒绝了。

"无论怎样，还是要谢谢你。我一会儿再喝。"压力和疲惫严重影响了我的身体，就连一向令人愉悦的咖啡味现在也让我一阵反胃。我突然觉得头晕目眩，不知所措，还没到洗手间，我就差点儿吐到地上。

虽然我计划和普拉诺夫一起将斯拉格带到芬克斯博士的办公室，但我很快就觉得这是个坏主意。如果我还会继续呕吐或昏倒，那么我根本帮不到我的丈夫或是我生病的狗。

其次，我知道如果我自己去，斯拉格会对我现在的状态感到不安。我不想他在进行手术时担心我。所以我拥抱了一下我心爱的斯拉格，亲了亲他，然后目送普拉诺夫把他放进本田，接着乘车去了动物医院。

当普拉诺夫的汽车完全从我的视线中消失后，我才跌跌撞撞地回到房子里。我轻轻地关上了门，靠在冰冷的门上。慢慢地，我瘫倒在地板上。痛苦将我包围，我痛苦地号叫着。

肯达站在附近，脸上带着一种古怪的表情看着我。她似乎不舒服，不确定该怎么做。但正当我开始对她的痛苦感到内疚时，她朝我走来。她轻轻地一遍又一遍地舔着我的手，好像在努力抚慰我的痛苦。我把她拉到我身边，抱住她，直到我有力气站起来才松手。

肯达的甜蜜存在让我平静下来。我为她备好了早餐，把她带到屋外，彻底刷了刷她冬天厚厚的皮毛。这些熟悉的日常活动让我的清晨恢复了一丝正常，也让清晨有了点儿意义。这些活动也安慰着我，直到我的电话响了起来。

中午时分，芬克斯博士打电话告诉我斯拉格的治疗进展，听到他的声音，我既感到宽慰，又觉得紧张。“斯拉格的手术很成功。”他给了我一颗定心丸。

连我自己都没有意识到，我一直屏住呼吸，现在我终于可以大声呼出：“太棒了！真是好消息！”

经过考量，芬克斯博士的话语听起来很敏感，他接着说道：“几天之后你还得带斯拉格来。那时他的活检结果就出来了，我们可以制订接下来的最佳治疗方案。与此同时，你应该准备好今晚带他回家。现在你要做的就是在他休养期间，尽可能地让他舒服。”

让斯拉格保持舒适比我想象中更难。那天晚上，当普拉诺夫从医院带他回家时，斯拉格很不安，仍然昏昏欲睡。直到我们从沙发上抓起一只蓬松的大枕头，把它放在斯拉格的肩膀和头下，他才最终安稳下来。

那天晚上我还是睡在沙发上时刻关注他。虽然早上起来，我感到浑身僵硬和湿漉漉的，但我知道我的不适对斯拉格而言，也只是小巫见大巫。从那时起，我的存在就成了一个单一的焦点。我只想去那里陪伴一直陪我的狗。

几天后我们又去了动物医院，会诊已经成了一种家庭事务。我想——我需要——我的丈夫和我的两只狗。芬克斯博士的专业和感性与几周前一样。这几周以来，我非常感激他的态度。他温和地说："不幸的是，活检的结果证实了我们一直担心的——斯拉格患有淋巴瘤。"

接着，震惊瞬间闪过我的全身，像麻醉剂一样让我全身麻木，芬克斯博士向我解释了斯拉格的病情。他说，淋巴瘤是一种快速发展的恶性肿瘤。

它可以出现在任何有淋巴组织的地方，几乎包括身体的每个器官。最终，癌症将彻底渗入器官，导致器官衰竭，通常是骨髓或肝脏。如果确诊后不接受治疗，那么淋巴瘤患者的平均预期寿命大约是两个月。听到兽医进一步的解释，我的大脑一片空白。

"什么？"我的声音颤颤巍巍，"我们该怎么办？"

"好消息是，如果我们让斯拉格现在接受化疗，他的症状可能会缓解。"芬克斯博士回答道，"现在也说不准病情是否可以治好或持续多久，但是这也是给他更多时间的机会。幸运的是，大多数狗并没有出现化疗引起的并发症。"

虽然斯拉格可能会失去他的胡须，但他不会失去所有的皮毛，也不太可能遭受任何其他的副作用。

这一点积极的消息让我有勇气吐露自己心底的真实想法。然而，我觉得自己的魂儿似乎飞走了，真要是亲口说出来并不是件易事，但别无选择的我只能努力地说出那让我自己痛苦、破碎的宣言："最重要的是，我们想尽我们所能。当然，我们必须这样做。最重要的是，我不希望他因为我而受苦，"我喘不过气来，"即使这意味着我们在一起的时间较少，我也不能强迫他，特别是他为我做了这么多之后。"

我突然觉得自己筋疲力尽，仿佛穿过我嘴唇的话语带走了我的力量。我抽泣着，对芬克斯博士眨了眨眼，温柔地说："你知道吗？"

他的回答很温柔："我们可以对抗癌症，同时尽一切可能为斯拉格保持良好的生活质量。"

"是的，"我说，"这是他应得的。当没有任何希望的时候，您要保证告诉我，好吗？那样的话我会马上出现在他身旁。"

"我保证。"

在芬克斯博士的指导下，我们决定采用一种治疗方案，该方案需要斯拉格每周进行化疗。为此我们花了一大笔钱用来买特制的罐装狗粮，其中包括专为抗击癌症配制的狗粮。芬克斯博士提醒我们，许多狗不喜欢这种食物的味道，在斯拉格的饭菜中添加一些熟牛肉或鸡肉是明智之举。

因此，从医院回家的路上，我们去了趟杂货店，尽可能多地买了肉，放到冰箱里。

烹饪汉堡包和鸡肉，将其与斯拉格的新罐头食品混合在一起，让我在接下来的日子里有了一点掌控力——这是我帮他对抗癌症所能做的事儿，斯拉格现在对每顿饭的热情让我的心里感到温暖。他似乎对他的新食物更加贪婪，我认为这是一个好兆头。他正在获得他需要的专业营养。他很享受！

多亏了新饮食和化疗，斯拉格的健康状况在接下来的几周内有所改善。渐渐地，他的淋巴结开始缩小，他可怕的呕吐也停止了。有一段时间，好日子多过了坏日子。“他今天甚至一次都没有呕吐过！”当我的丈夫在午餐时间打电话时，我会愉快地在电话中给他报告。然后我告诉斯拉格：“普拉诺夫打电话问你的状况。”

那个冬天，我对我心爱的拉布拉多讲了很多。我回想起我们分享的时光。我喋喋不休地谈论日常事物，比如愚蠢的电视节目和天气，当然我也谈到了他的小徒弟肯达。

最重要的是，我告诉斯拉格他有多好，我有多爱他。我花了好几个小时坐着抚摸他柔软的皮毛。过去早晨常规的挠耳朵活动现在每隔几个小时便会来一次。在天气特别好的日子里，如果斯拉格看起来精神饱满，我们会带着肯达快乐地出去，享受乐趣——简单来说就是玩拾物游戏。

尽管如此，我们的幸福却被一个不可避免的事实所掩盖。芬克斯博士告诉我们，化疗肯定会延长斯拉格的生命，但无法治愈他。最终淋巴瘤会对治疗产生抗药性。

我不允许自己去思考现实。我宁可相信，与斯拉格一起度过的这些甜蜜而宁静的日子会继续下去。他可以休息、吃鸡肉和汉堡包，在他精神好的时候玩一会儿，他也可以留在我身边。

但是在3月初的一个星期天晚上，一声熟悉的痛苦声让我从梦中惊醒。斯拉格吐得比之前都要严重。

“哦，亲爱的斯拉格！”我哭着冲到他身边。作为一个真正的绅士，即使在最黑暗的时刻，斯拉格也会自己向门口蹒跚而行，他似乎不想把房子里弄得一团糟。一打开门，他就努力自己走到院子里干呕几分钟，当他走回到屋里时，他的步伐很慢。他的尾巴一动也不动了。

“斯拉格？”知道我敏感的狗会听出我声音中的恐惧，我只能低声说道，“斯拉格？”

听到我的声音，他抬起头，直视我的目光。但我心爱的拉布拉多的眼神看起来很奇怪——眼里熟悉的火花消失了。现在的眼神看起来沉闷而遥远，除了痛苦，其他的都不复存在。

那天晚上，我和斯拉格都没有睡着。泪眼婆娑的我看着他在起居室里四处走动。虽然我试图安慰我的狗，抚摸他，跟他说话，甚至给他一口鸡肉，但我的努力并没有什么效果。

他太焦躁，太不舒服，所以根本无法考虑我。当一向贪吃的拉布拉多连他的鸡肉零食都要拒绝时，我的心沉了下去。看着他的步伐，我所能做的只有一件事。求求你了上帝，我祈祷，不要让现在成为结束，不要在这里，不是现在，我甚至无法缓解他的痛苦。

第二天早上，我们所做的第一件事就是急忙把斯拉格送到了动物医院。虽然芬克斯博士当天不在办公室，不过看到他的同事科特曼博士在门口迎接我们时，我感激不尽。

几年前，斯拉格的爪子受伤时，是科特曼博士照顾了他。斯拉格向来有女人缘，他和科特曼博士很快就成了朋友。现在，医生仔细给他做了个检查。她凝视着他的眼睛。“这不是平常的他。”说着，我发现医生脸上蒙着担忧的阴影。

“是，这不是他，是吗？”她温柔地说，“我想我们需要把他带回来，让他立即服用止痛药。一旦他感到舒服，我们会做一些测试，只有这样才能确切地了解情况。好吧？”她温柔地拍了拍斯拉格的身体，这让我不确定她的问题是说给我还是他听的。

我咬着嘴唇点点头。接着我弯下腰吻了一下斯拉格的头。“很快就好了，亲爱的孩子。他们会照顾你，给你一些缓解痛苦的东西。很快就好了。”我不想让自己对他说再见，所以我再次吻了他，然后转身离开。

当她带着斯拉格缓缓穿过侧门进入治疗区时，科特曼博士喊道：“一旦得知情况，我就会给你打电话。”

她的电话打来时是下午。她不得不同我分享的消息是我从前一天晚上就已经预想到，也是一直害怕的结果。其实斯拉格的双眼早就传达了科特曼博士小心翼翼说出的通知。

我们成功驱赶的癌症卷土重来，并且占了上风。它已经开始迅速在他的全身蔓延，现在我们只能尝试直面痛苦，除此之外我们可以说是无能为力。

尽管我内心的痛苦让我很难掌握所有的事实，但是听到医生说顺其自然会给斯拉格的生命带来极度的痛苦时，我便明白了她话里的含意。我知道他应得到更好的归宿。“在我们到达之前你可以让他舒服点儿吗？”

“是的，莉娅，我们会这样做的。”几分钟后，我们俩一起哭了起来。科特曼博士抽着鼻子说道，“你为斯拉格做出了最好的选择。”

“这么多年来，他每天都把最好的给了我，我怎么能不予以回报？”我说不清话，情绪也已经崩溃，但我很坚决。虽然它会像地狱一样让我受伤，但我还是会选择斯拉格。我会打电话给普拉诺夫，我们两个会回到罗阿诺克动物医院，同斯拉格做我们最后的告别。

当我们到达医院时，我们被安静地引入了一个检查室。门是半开的，片刻之后，我听到了骚动。我凝视着大厅。瞧，斯拉格在里面！

他依旧挂着吊瓶，医院工作人员慢慢跑过来跟上他，我垂死的狗跑向我。“这次奔跑，”科特曼博士走进来，擦掉她眼睛里的泪水说道，“才是斯拉格，真的。”

我搂着他，努力听着医生轻轻地解释手术过程。她向我保证斯拉格不会感到痛苦，他会安静地睡觉。我们都坐在地板上抚摸着他；我们说他是如此热心，乐于助人，智慧非凡。

我知道，能和他分享一段历程我很荣幸。现在我也知道，我不得不放他走了。当我向科特曼博士点头时，泪水从我脸上流下来。我希望我心爱的狗在去世前，他听到的最后一个声音是我自己的。

当他陷入深沉的睡眠时，我低声对他说着，在多年前我们相遇的第一个晚上，我曾与他分享的夜间承诺："好好休息，我的小狗。我爱你。"只有这次我无法继续说："明早见。"

我只能低声说："谢谢你，亲爱的斯拉格，谢谢你，谢谢你，谢谢你，谢谢你……"

接着，他的心脏停止了跳动。

第十七章　永不消逝的记忆

斯拉格离开的第一晚，我不知道我该如何度过没有他的夜晚。几周以来，我一直和他在一起，看着他，照顾他，尽我所能帮我挚爱的狗度过那漫长的黑暗时光。

现在，就在这里，夜幕再次降临——但这一次，只有我独自忍受那漫长的黑暗。我知道，斯拉格终于从痛苦中解脱。一想到他终于归于平和，我的心也得到了宽慰。只不过，这种安慰并不足以抚平我自己的痛。

当斯拉格的心跳停止时，我觉得我的心好像都碎了，到了早上，让我痛苦的问题依旧困扰着我。我内心非常不安，像无头苍蝇一般不知该做什么，只能把衣衫凌乱的自己从床上拉下来。肯达小跑到房间里向我问候。

按照从斯拉格那里学到的游戏，她抓住了一只鞋子。接着她把鞋子放了下来，就那样站在旁边抬头看着我。她不确定接下来要做什么，这种不知所措的样子似乎也映射了我自己。

肯达和我一起慢慢走进了客厅。我瘫倒在沙发上，下意识地看向曾放置斯拉格的床的位置。那儿是空的，这一看让我崩溃了。

之前的24小时里，我的眼睛一直哭到红肿，我以为自己再也哭不出来了，但现在眼泪竟然又流了下来。我把目光转移到地板上，喃喃地倾诉着内心一直回想的问题。

“没有了你，我该怎么办？”我得说出这个问题，放声说出来，似乎这样，斯拉格才可能听到我的呼唤。

当我抬起眼时，我情不自禁地想象他是否听到了我的声音。在我看向他的床时，我看到了彩虹，从棕色的垫子上一直延伸到客厅的窗边，像是某个隐形的艺术家的画作般完美无瑕。

我呆呆地看了很久，接着，我脑海中又响起了理性的声音：这不过是你大脑在过度紧张之后产生的幻象。我揉了揉眼，使劲儿眨眨眼睛。彩虹依旧存在。

也许是阳光偶然照在前门的玻璃面上，反射成了我面前的彩虹，也许不只如此。对我来说，这美丽的彩色弧桥宽慰了我破碎的心。

我走到斯拉格的床边，坐在地板上。深吸了一口气，我突然开始想象，我心爱的第一只小狗已经痊愈快乐，不再是我最后看到他时那病恹恹的样子。

肯达走了过来，坐在我旁边。“我的姑娘，”我低声说，“你是不是也觉得我们的斯拉格现在在的地方一定有很多袜子让他叼来叼去？那儿也会有更多的奶酪。对了，肯定还有粪堆！要不要跟我赌一把，我猜他肯定已经在粪便里打滚了。”说着，我笑了起来，这是这几周以来我第一次放声大笑。

听到我的声音，肯达晃了晃她的尾巴。过了一会儿，她躺在了地上，把她漂亮的右前爪搭在斯拉格的床边。现在，彩虹落在了她的爪子上，将她黄色的皮毛包裹在一条条闪闪发光的色带中。

真是美妙至极。斯拉格是肯达的老师，我知道她现在也需要安慰。我紧紧地抱住了她。

几周以来，我多次和肯达相拥。虽然我很感激朋友和家人给我的诸多关心和支持，但真正能修复我破碎的心的只有敏感的肯达。对我而言，她甜蜜友好、坚持不懈的帮助以及滑稽的动作胜过千言万语。

这种安慰一直影响着我，直到现在，距斯拉格离开已经长达五年之久。当我写下这些文字时，肯达正在我的桌下睡觉。她像一辆小型货车一样，打着鼾，她那长长的卷曲胡须轻轻地擦着我的脚面，挠得我心里发痒。我脑海中又浮现出了那个注重现实，以工作为重心的声音：把她叫起来，让她换个地方睡，这样你工作时就不会分心了。

这一次，我的心拒绝了。我喜欢看我这可爱的拉布拉多犬。她现在正做着美梦，她右前方的爪子扭动着，一阵柔和的声响从她的喉头里涌出。她的尾巴反复敲打着地毯。

我不知道这个美好的梦是什么。她在追赶一个精心投掷的网球吗？或是到处寻找她最喜欢的玩具鸭？也许吧。当我望着肯达时，我宁愿相信她和我一样，梦里出现的都是我们挚爱的斯拉格，那只永远改变了我生活的拉布拉多犬。

也许在肯达的梦中，她正在阳光明媚的草地上快乐地奔跑。在她的旁边，是一只名叫斯拉格的狗。